Gitta Edelmann, Jahrgang 1961, früher Übersetzerin in Rio de Janeiro, Freiburg und Edinburgh, Fremdsprachenlehrerin und Stadtführerin in Bonn. Heute Leiterin von Schreibworkshops, Krimiautorin (u.a. *Canterbury Requiem* und *Canterbury Serenade*) und Kinderbuchautorin (u.a. *Weltreise London – Die Meisterdetektive* und *Die Detektive aus der Kirchgasse – Die Spur der Trompete*).

Gitta Edelmann

Ludwig und die Suche nach dem Geheimcode

Ein Beethoven-Kinderkrimi

Mit neun Illustrationen von Fiona Edelmann

cmz

Bibliografische Information der Deutschen Nationalbibliothek

Die Deutsche Nationalbibliothek verzeichnet diese Publikation in der Deutschen Nationalbibliografie; detaillierte bibliografische Daten sind im Internet über http://dnb.d-nb.de abrufbar.

An der Glasfachschule 48, 53359 Rheinbach
Tel. 02226-9126-26, Fax 02226-9126-27, info@cmz.de

Satz
(Aldine 401 BT 11 auf 14,5 Punkt)
mit Adobe InDesign CS 5.5:
Winrich C.-W. Clasen, Rheinbach

Papier (Alster 90 g mit 1,75f. Vol.):
Salzer Papier GmbH, St. Pölten/Österreich

Umschlagillustration:
Cartoons + Design Anja Clemens, Rheinbach

Umschlaggestaltung:
Lina C. Schwerin, Hamburg

Gesamtherstellung:
Majuskel Medienproduktion GmbH, Wetzlar

ISBN 978-3-87062-181-0

20160610

www.cmz.de

www.gitta-edelmann.de

Für
Fiona, Laura, Julia und Arthur

Inhaltsverzeichnis

Ein seltsamer Junge

Ich glaub, mir reicht's«, sagt Kathrin und schiebt sich durch die drängelnde Menschenmenge. Ihr Leinenbeutel ist ziemlich voll. Leo nutzt die Gelegenheit und folgt ihr. Auch er ist mit der Ausbeute des Rosenmontagszugs zufrieden und außerdem kratzt sein Hals vom »Kamelle«-Schreien.

Wieder prasselt von einem der Wagen ein Süßigkeiten-Regen auf die verkleideten Menschen am Straßenrand nieder. Einige Bonbons fallen hinter den Zuschauern auf den mit Konfetti bestreuten Asphalt. Leo bückt sich schnell und sammelt die Beute auf, bevor Kathrin ihm zuvorkommt. In diesem Jahr hat er sicher mehr gefangen als seine Schwester.

Allerdings scheint Kathrin sich gar nicht mehr für die Süßigkeiten zu interessieren. Stattdessen starrt sie einen Jungen an, der etwas abseits steht.

»Tolles Kostüm«, sagt sie.

Leo nickt. Die Verkleidung sieht wirklich echt alt aus. Der Junge trägt eine dunkelbraune Kniehose, weiße, nicht mehr ganz saubere Strümpfe und schwarze Schnallenschuhe. Über einem weißen Hemd mit Spitzenkragen scheint er eine hellbraune Weste anzuhaben. Allerdings sieht man die nicht so richtig, denn der Junge hält sich frierend die dunkelrote Jacke zu, die er darüber anhat.

»Am besten finde ich die Frisur.« Leo fährt mit der Hand durch sein kurzes, dunkles Haar.

Der fremde Junge hat hellbraune Haare, die von vorne wie ein normaler Kurzhaarschnitt wirken. Doch wenn er sich zur Seite dreht, um die Straße entlang zu schauen, sieht man, dass seine langen Haare am Hinterkopf zu einem Nackenzopf gebunden sind.

»Rokoko«, vermutet Kathrin.

»Hä?« Leo versteht nicht.

»Das ist ein Rokoko-Kostüm. Erinnerst du dich? Wir haben doch das Bonn-Projekt in der Schule gemacht, und der Kurfürst damals hat auch solche Sachen angehabt. Und die Zeit hieß Rokoko!«

»Dunkel«, sagt Leo, »ganz dunkel. War das nicht siebzehnhundert-ewig-her?«

Kathrin nickt. Wieder ergießt sich ein Süßigkeiten-Schauer über sie. Dieses Mal sind es kleine Gummibärchen-Tüten, auf die sich Leo mit Begeisterung stürzt.

»Das ist cool hier hinten!«, meint er. »Keine Konkurrenz!«

Der fremde Junge hat sich nicht gebückt, obwohl ihm ein Päckchen direkt vor die Füße gefallen ist. Er sieht ziemlich unglücklich aus, findet Kathrin.

»Vielleicht hat er seine Eltern im Gedränge verloren?«, fragt sie.

»Wer? Der Rokoko-Typ?« Leo ist noch immer mit dem Einsammeln der Gummibärchen beschäftigt.

»Ich frag ihn mal.«

Entschlossen geht Kathrin hinüber zu dem fremden Jungen.

»Hast du jemanden verloren? Kann ich dir helfen? Ich heiße Kathrin.«

»Ludwig«, sagt der Junge leise. »Das klingt jetzt sicher töricht, aber ich finde unser Haus nicht mehr.«

»Wo wohnst du denn?«

»Im Fischerschen Haus.«

Das sagt Kathrin gar nichts. »Welche Straße?«

»Rheingasse. Rheingasse 24«, antwortet Ludwig.

»Ach, an der Oper.« Kathrin kennt die Bonner Innenstadt gut.

Ludwig schüttelt den Kopf. Er sieht verwirrt aus.

»Wir bringen dich hin«, entscheidet Kathrin und dreht sich nach ihrem Bruder um.

»Leo! Komm, wir begleiten Ludwig nach Hause! Er ist hier fremd.«

»Das bin ich keineswegs«, widerspricht Ludwig. »Ich bin Bonner. In der Bonngasse geboren.«

Der Tonfall klingt auch wirklich bönnsch. Seltsam. Dann müsste er sich doch eigentlich auskennen.

»Das ist Leo«, stellt Kathrin ihren Bruder vor, als er schließlich alles Nützliche vom Boden aufgeklaubt hat.

Ludwig schaut verblüfft von Kathrin zu Leo und von Leo zu Kathrin.

Die beiden fangen an zu kichern.

»Zwillinge«, erklärt Leo, »wir sind Zwillinge!«

Das ist nicht zu übersehen. In ihren gleichen Piratenkostümen sehen Kathrin und Leo sich unglaublich ähnlich.

»Also los!« Sie nehmen Ludwig in die Mitte und machen sich auf den Weg.

»Wer mag?« Leo bietet den anderen ein paar Gummibärchen an.

»Was ist das?«, fragt Ludwig.

Kathrin schüttelt den Kopf. Ist der Junge von einem fremden Stern? Es ist unmöglich, dass ein Bonner Kind keine Gummibärchen kennt, wo die doch hier hergestellt werden! Vielleicht ist er gestürzt und hat sein Gedächtnis verloren? Das würde einiges erklären.

Es ist nicht weit bis zur Rheingasse. Schließlich stehen die drei dort, wo eigentlich das Haus mit der Nummer 24 sein müsste.

»Seht ihr?«, fragt Ludwig. »Das Haus ist einfach nicht mehr vorhanden!«

Ludwig

Kathrin und Leo starren auf die riesige, umzäunte Baustelle. »Da hast du gewohnt?«, fragt Kathrin. Es sieht nicht so aus, als ob da kürzlich noch ein Wohnhaus gestanden hätte.

Ludwig nickt. Dann kneift er sich in die linke Hand. Die Hand hat mehrere rote Stellen – Ludwig scheint sich nicht zum ersten Mal zu kneifen.

»Tut das nicht weh?«, fragt Leo.

»Doch, selbstverständlich«, antwortet Ludwig. »Das soll es auch. Dann wache ich möglicherweise auf.«

Kathrin schaut ihn an. Der fremde Junge sieht total unglücklich aus und scheint in seiner dünnen Jacke zu frieren.

»Du kommst jetzt erst einmal mit zu uns«, sagt sie. »Und später überlegen wir weiter.«

»Meinst du nicht, wir sollen einen Arzt rufen oder die Polizei?«, flüstert Leo, als sie sich am Universitätsgebäude entlang auf den Heimweg machen.

Kathrin zuckt mit den Achseln. Es ist schon seltsam, wie Ludwig die Uni anstarrt. Irgendwie stimmt etwas nicht mit ihm. Dass er wirklich aus Bonn kommt, nimmt sie ihm nicht ab. Aber vielleicht erfahren sie ja mehr, wenn er sich aufgewärmt hat.

Schweigend folgt er ihnen. Nur manchmal bleibt er kurz stehen und schüttelt den Kopf.

»Tina – wir sind wieder da!«, ruft Kathrin, als sie die Wohnungstür aufgeschlossen hat.

Aus dem Esszimmer schaut eine junge Frau mit wild zerrauften schwarzen Haaren. »Oje – ist es schon so spät? Ich hab noch gar nicht gekocht!«

»Macht nichts. Wir haben keinen großen Hunger«, sagt Kathrin. »Das ist übrigens Ludwig.«

Tina streicht ihre Haare aus dem Gesicht und streckt die Hand aus.

»Hallo, Ludwig. Ich bin Tina. Die Tante von Kathrin und Leo. Ich passe auf die beiden auf, bis ihre Eltern zurück sind.«

Ludwig fasst vorsichtig Tinas Hand und führt sie bis kurz vor seine Lippen. Dabei verbeugt er sich.

»Wow – das ist cool!«, sagt Leo. »Ein echter Handkuss, passend zum Kostüm! Aber jetzt komm, wir gehen in mein Zimmer.«

»Dann kann ich noch ein bisschen arbeiten?«, fragt Tina hoffnungsvoll.

»Kein Problem«, versichert ihr Kathrin und folgt den beiden Jungen.

»Tina schreibt nämlich eine Doktorarbeit«, erklärt sie Ludwig und lässt sich auf Leos Bett plumpsen, während Leo seinen iPod anschaltet und in die Lautsprecher-Anlage stellt.

»Doktorarbeit – eine Frau?« Ludwig scheint total verblüfft.

»Und wieso nicht eine Frau?«, fragt Kathrin giftig und steht wieder auf.

Ludwig schweigt.

»Ich hol was zu trinken.« Kathrin verlässt mit energischem Schritt das Zimmer.

»Puh, sag bloß nichts gegen Frauen. Da versteht meine Schwester keinen Spaß.«

»Spaß?«

Vorsichtig setzt sich Ludwig auf Leos alten Sessel am Fenster.

»Mir ist nicht nach Spaß.«

Tatsächlich. Als Leo ihn genauer anschaut, sieht er, dass Ludwigs dunkle Augen glänzen, als würde er gleich losheulen.

»Unser Haus ist weg, dafür ist das Schloss wieder unbeschädigt, und ich sitze an einem Ort, wo eigentlich Felder sind, und spreche mit dir und einem Mädchen, das kurze Haare hat. Soll das etwa Spaß sein?«

»Was hast du gegen Mädchen mit kurzen Haaren?« Kathrin kommt mit einem Paket Apfelsaft und drei Gläsern zurück.

»Nichts. Aber es passt nicht.«

»Passt nicht?«

»Das alles hier passt nicht.« Ludwig sieht todunglücklich aus. »Die Stadt, die Menschen und die Musik da aus dem winzigen Kasten ohne Musiker. Ich glaube, ich werde verrückt.«

Er stützt seine Ellenbogen auf die Knie, schließt die Augen und nimmt den Kopf in die Hände.

Kathrin atmet einmal tief durch. Das Problem scheint größer zu sein, als sie dachten. Vielleicht hätten sie besser doch einen Arzt rufen sollen?

»Okay, dann erzähl mal von Anfang an«, sagt sie. »Du heißt also Ludwig?«

Ludwig sieht sie an und nickt.

»Ja, mein Name ist Ludwig van Beethoven.«

Was nun?

Beethoven. Dann bist du bestimmt Musiker.« Kathrin lacht. Natürlich kennt sie den Namen, schließlich spielt sie Klavier, seit sie fünf Jahre alt ist. Und da ist sie immer wieder auf den Namen des berühmten Komponisten gestoßen, der in Bonn geboren wurde. Sie hat sogar schon Stücke von ihm gespielt.

Ludwig nickt.

»Dann müssen wir dir mal das Beethoven-Denkmal zeigen«, sagt Leo und grinst.

»Beethoven-Denkmal?« Ludwig ist verwirrt.

Plötzlich wird Kathrin ganz still. Sie betrachtet Ludwig von seinen schmutzigen Schnallenschuhen bis hinauf zu seiner gerunzelten Stirn.

»Du weißt nicht, wovon ich rede, stimmt's?«, sagt sie schließlich. »Und du hast dich heute auch nicht verkleidet, oder?«

Ludwig schüttelt den Kopf.

»Soll das heißen, der läuft immer so rum?«, fragt Leo ungläubig.

»Ich glaube ja«, antwortet Kathrin. »Das erklärt alles.«

»Was erklärt alles?« Leo sieht jetzt genauso verwirrt aus wie Ludwig.

»Du heißt Ludwig van Beethoven. Und du bist in der Bonngasse geboren.«

Ludwig nickt.

»In welchem Jahr?«, flüstert Kathrin und beugt sich gespannt vor.

»Im Jahr des Herrn 1770.«

Leo macht den Mund auf, um etwas zu sagen, aber Kathrin winkt ab.

»Das erklärt alles.«

»Was erklärt alles, verflixt noch mal?«, fragt Leo.

»Naja, alles nun doch nicht«, gibt Kathrin zu. »Nur, warum Ludwig so seltsam ist.«

»Ich bin nicht seltsam«, wirft Ludwig ein.

»Er ist der echte«, sagt Kathrin bestimmt.

»Der echte was?« Leo wird langsam ungeduldig. Erst quatscht Ludwig irgendwelchen Mist und jetzt auch noch Kathrin.

»Der echte Ludwig van Beethoven! Die Frage ist nur, wie kommt er hierher?«

Leo starrt Ludwig an. »Nee, gibt's nicht. Du kommst aus dem Jahr 1770?« Leo kann es immer noch nicht fassen.

Ludwig schüttelt den Kopf. »Ihr wisst genau, dass wir inzwischen 1782 schreiben!«, entrüstet er sich.

»Ach du güldene Hühnerkacke«, flüstert Leo fassungslos. »Eine Zeitreise! Und was machen wir jetzt?«

»Keinen Plan«, sagt Kathrin. »Ich weiß nur, dass Ludwig nirgendwo hin kann. Er muss hier bleiben, bis wir eine Lösung finden.«

»Hier? Und was ist mit Tina?«, fragt Leo.

»Das regle ich«, antwortet Kathrin bestimmt und geht hinüber ins Esszimmer, wo Tina an ihrem Laptop sitzt und schreibt. Zwischendurch starrt sie den Bildschirm an, als würde dort Unglaubliches passieren, und ab und zu fährt sie sich mit beiden Händen durch ihre langen Haare. Sie sieht noch zerzauster aus als vorhin.

»Hi, Tante Tina«, sagt Kathrin.

»Lass die Tante weg und komm zur Sache.«

Oha, Tina scheint mit ihrem Schreiben nicht allzu gut voranzukommen.

»Ich wollte nur wissen, ob Mama dir gesagt hat, dass Ludwig ein paar Tage hier wohnen wird.«

»Wie, was?« Tina sieht Kathrin überrascht an. »Ich weiß nicht. Ich glaube nicht, aber …«

»Vielleicht hat sie es vergessen. Na, ist egal, auf jeden Fall weißt du jetzt Bescheid. Du brauchst dich auch nicht um ihn zu kümmern. Das machen wir.«

»Okay.« Tina lächelt erleichtert. »Dann geh ich gleich mal in die Küche und koch uns allen was. Spaghetti?«

»Super!«

Während Tina ihre Datei speichert und den Laptop schließt, verzieht sich Kathrin wieder in Leos Zimmer.

»Das hast du bestens hingekriegt«, lobt Leo. »Und jetzt?«

»Jetzt müssen wir rausfinden, wie Ludwig hierhergekommen ist. Vielleicht kann er auf dem gleichen Weg zurück?«

»Ich bin gar keinen Weg gegangen«, sagt Ludwig. »Und überhaupt – wovon redet ihr eigentlich?«

Kathrin lässt sich auf Leos Bett plumpsen und setzt sich in den Schneidersitz.

»Also Ludwig, ich glaube, irgendetwas hat dich aus deiner Zeit gerissen. Auf jeden Fall sind wir hier nicht im Jahr 1782, sondern über zweihundertdreißig Jahre weiter in der Zukunft.«

»Zukunft«, flüstert Ludwig fassungslos.

»Und wenn du zurück willst ...«

»Natürlich will ich zurück!«, unterbricht Ludwig sie.

»... dann müssen wir herausfinden, wie.«

Einen Moment lang herrscht Schweigen. Schließlich räuspert sich Leo.

»Erzähl doch mal, was du gemacht hast, als – als sich alles verändert hat.«

Ludwig schluckt und nickt.

»Ich hielt mich bei Meister Goldmann auf und habe gewartet. Ich hatte ihm einen Brief meines Vaters überbracht, und er wollte eine Antwort verfassen.«

»Wo hast du gewartet?«, fragt Leo.

»In der Werkstatt«, erklärt Ludwig. »Meister Goldmann ist Uhrmacher und baut außerdem noch allerlei andere Instrumente. Da war zum Beispiel eine Leder-Schatulle mit einer Tafel drin, auf der man mit kleinen Hebeln Zahlen einstellen konnte.«

»Hast du was angefasst?«, fragt Leo.

»Die Zahlentafel, doch ich war wirklich sehr vorsichtig, und sie ist nicht entzweigegangen«, beteuert Ludwig. »Ich habe sie zwar einmal kurz aus der Schatulle genommen, später habe ich sie jedoch wieder hineingelegt und nur an der Kurbel gedreht. Da ist mir plötzlich übel geworden, aber ich habe sie nicht fallen lassen. Ich habe nur einen Moment die Augen geschlossen.«

»Und dann …?«

»Dann war ich hier. Ich dachte, ich würde vielleicht erkranken und sei in Ohnmacht gefallen, da wollte ich nach Hause. Aber ich konnte das Haus nicht finden, und alles war so fremd.«

»Die Tafel«, Kathrin fasst sich mit einer Hand an die Stirn. »Die Tafel ist schuld! Das muss eine Zeitmaschine sein.«

Leo nickt. »Damit haben wir aber ein Problem. Wie schicken wir Ludwig ohne die Zeitmaschine wieder zurück ins Jahr 1782?«

»Zeitmaschine?«, stammelt Ludwig. »Die Zahlentafel? Die brauchen wir?«

Leo atmet tief ein und nickt. »Ich denke schon. Ich weiß nicht, wie wir das sonst hinkriegen sollen. Das Ganze ist ziemlich hoffnungslos.«

»Aber …« Ludwig greift in die rechte Tasche seiner langen, roten Jacke und zieht etwas heraus, das auf den ersten Blick wie ein altes Buch mit dickem Ledereinband aussieht.

»Hier ist sie!«

Die Zeitmaschine

Leo nimmt Ludwig vorsichtig die Lederschatulle ab und betrachtet sie von allen Seiten. Sie hat eine geprägte Lasche, und als Leo diese aus der Öse zieht und die Schatulle aufklappt, glänzt ihnen die Zeitmaschine entgegen. Eigentlich sieht sie ganz harmlos aus. Sie besteht aus einem Metallkasten, in dem auf der oberen Seite zwei Reihen schmaler Schlitze angebracht sind. In jedem dieser Schlitze kann man ein kleines Hebelchen bewegen. Neben den Schlitzen sind ganz fein die Zahlen von null bis neun eingeritzt. Im Augenblick stehen alle Hebelchen auf null. Außerdem ist in einer Ecke eine kleine Kurbel angebracht.

»Sieht aus wie eine der alten Rechenmaschinen aus dem Arithmeum«, sagt Leo.

»Das Arithmeum ist ein Museum«, erklärt Kathrin. »Da haben wir neulich einen Kurs mitgemacht, wie man Nachrichten verschlüsselt. Total spannend! Und da gibt es eine ganze Menge so alter Maschinen.«

»Keine wie die hier«, behauptet Leo. »Wenn das wirklich eine Zeitmaschine ist.«

»Und was soll das sonst sein?«, fragt Kathrin.

»Eine Rechenmaschine?«

»Glaub ich nicht«, sagt Kathrin. »Der Mann im Arithmeum hat doch erzählt, dass früher nur Könige und ganz reiche Leute Rechenmaschinen hatten. Was hat also ein normaler Uhrmacher damit gemacht?«

»Sie gebaut?« Leo ist immer noch skeptisch.

»Hier hab ich dran gedreht.« Ludwig greift nach der Kurbel.

»Halt!«, schreit Kathrin. »Nicht anfassen! Wer weiß, was dann passiert!«

Ludwig zieht schnell seine Hand zurück.

Leo legt die Schatulle mit der Maschine vor sich auf den Boden. Er nimmt einen Bleistift vom Schreibtisch und bewegt damit ganz vorsichtig eines der Hebelchen. Es gibt ein leises Knacken, aber mehr geschieht nicht.

Leo räuspert sich. »Wenn das wirklich eine Zeitmaschine ist, dann muss man hier bestimmt den Code für die Zeit einstellen, in die man reisen will.«

Kathrin nickt und wendet sich an Ludwig. »Was hast du denn eingestellt, dass du hergekommen bist? Vielleicht sind das die gleichen Zahlen?«

Ludwig schüttelt den Kopf. »Ich habe die Hebel einfach nur hin und her geschoben, auf keine bestimmten Zahlen, aber nachdem ich die Kurbel gedreht hatte, war überall wieder null …«

»So kommen wir nicht weiter«, sagt Leo. »Ist es möglich, dass es mit dem Datum zu tun hat?«

Um ein Datum einzustellen, braucht man acht Stellen. Zwei für den Tag, zwei für den Monat und vier für das Jahr. Das war im Jahr 1782 sicher auch nicht anders. Hier gibt es aber nicht acht Hebelchen, sondern vierzehn!

Leo, Kathrin und Ludwig starren die Maschine an und schweigen. Im Augenblick hat keiner der drei eine Idee.

»Ich schau mal, ob das Essen fertig ist«, sagt Leo schließlich.

Er legt die Schatulle mit der Zeitmaschine auf seinen Schreibtisch und geht in die Küche.

Tina gießt gerade das Spaghettiwasser ab; die Tomatensoße blubbert noch im Topf. »Ihr könnt gleich kommen«, kündigt sie mit einem Blick über ihre Schulter an. »Ich ess jetzt aber nicht mit, muss noch was tun. Ist ja sicher okay, wenn ihr allein in der Küche sitzt. Hoffentlich schmeckt's eurem Freund auch.«

»Bestimmt«, sagt Leo. »Spaghetti mag doch jeder.«

Als Ludwig jedoch kurz darauf vor seinem Teller sitzt, sieht er ein bisschen hilflos aus. »Was ist das?«, fragt er Kathrin leise. »Würmer?«

Kathrin schüttelt den Kopf. »Kennst du keine Spaghetti?«

»Nein, so etwas habe ich noch nie erblickt«, stellt Ludwig fest und schaut seinen Teller skeptisch an.

»Nudeln«, erklärt Kathrin und nimmt ihre Gabel zur Hand.

»Diese sehen aber nicht aus wie Nudeln.«

»Probier einfach mal! Schau, so.«

Geschickt dreht Kathrin die soßigen Spaghetti auf ihre Gabel und steckt sie in den Mund.

Ludwig versucht, es ihr nachzumachen. Doch das ist gar nicht so leicht. Die langen, dünnen Dinger rutschen fast sofort wieder von der Gabel. Und als es ihm schließlich gelingt, eine Portion zum Mund zu bringen, rutscht ihm eine der Nudeln glatt aus dem Mund. Kathrin grinst.

»Die sind schmackhaft!«, stellt Ludwig kauend fest. »Schpaketti heißen die?«

Leo nickt zufrieden. Ja, Spaghetti mag jeder. Auch Ludwig van Beethoven.

Goldmanns Gedichte

Erzähl doch mal mehr von diesem Uhrmacher«, schlägt Leo vor, als sie wieder in seinem Zimmer sind.

»Meister Goldmann?« Ludwig denkt kurz nach. »Ein seltsamer Mann«, sagt er schließlich. »Aber seine Uhren sind hervorragend.«

»Seltsam?«, wundert sich Kathrin. »Der muss ja schon sehr seltsam sein, wenn er eine Zeitmaschine erfindet.«

Ludwig nickt. »Manchmal ist er ziemlich verwirrt und sagt Gedichte auf.«

»Er sagt Gedichte auf?« Leo grinst. »Das macht Kathrin auch gerne. *Herr von Ribbeck auf Ribbeck im Havelland / ein Birnbaum in seinem Garten stand* – zum Beispiel.«

Kathrin streckt ihm kurz die Zunge raus. Dann wendet sie sich an Ludwig.

»Kannst du dich an ein Gedicht erinnern?«, fragt sie.

»Willst du mal ein neues lernen?«, spottet Leo.

»Quatsch«, kontert Kathrin. »Ich bin einfach neugierig, wie der Uhrmacher getickt hat.«

»Getickt?« Ludwig sieht wieder einmal ratlos aus. »Meister Goldmann hat nicht getickt. Nur seine Uhren. Er hat Gedichte aufgesagt.«

»Zum Beispiel?« Kathrin lässt nicht locker.

Ludwig überlegt.

»Irgendwas mit alter Zeit und geweiht und Tal und so.«

»Muss das jetzt sein?«, fragt Leo.

Kathrin antwortet nicht.

»Alte Zeit – vielleicht hat das was mit der Zeitmaschine zu tun?«, fragt sie. »Denk doch noch mal genau nach.«

Ludwig runzelt die Stirn.

»Ich weiß es einfach nicht mehr«, sagt er schließlich. »Aber das ist eigentlich auch egal.«

»Egal?« Kathrin schüttelt den Kopf.

Ludwig grinst. »Mir ist was anderes eingefallen«, erklärt er. »Ich habe das Gedichtbuch von Meister Goldmann nämlich gesehen.«

»Und das sagst du erst jetzt?« Nun schüttelt auch Leo den Kopf. »Hast du reingeschaut?«

»Wüsste ich sonst, dass es ein Gedichtbuch ist?«

»Und?« Kathrin ist ungeduldig.

»Naja, ich fand die Gedichte unverständlich. Das waren mehr so komische Rätsel, nichts Richtiges.«

»Bitte, Ludwig, erinnere dich doch wenigstens an eines!«

Kathrin seufzt, als Ludwig den Kopf schüttelt.

»Lies besser selbst.« Er greift in die Lederschatulle und hebt die metallene Zeitmaschine heraus. Dann fasst er erneut hinein. Als er die Hand wieder herauszieht, hält er ein dünnes, in schwarzes Leder gebundenes Büchlein in der Hand. Er gibt es Kathrin.

»Wow!«

Vorsichtig blättert sie die Seiten um.

»Tatsächlich, lauter kleine Gedichte. Alle mit vier Zeilen«, sagt sie schließlich. »In sehr schöner Schrift, aber lesen kann man sie nicht. Das ist wirklich ziemlich seltsam.«

»Natürlich kann man sie lesen«, widerspricht Ludwig. »Hier zum Beispiel:

Ein Stern reist ins Weiße,
doch steht er stets still.
Nicht Tiefgang doch Jahrgang
ist, was ich will.«

»Ziemlicher Mist«, kommentiert Leo. »Kein Wunder, dass wir von einem Dichter namens Goldmann nie was gehört haben.«

»Und hier?«, fragt Kathrin und zeigt auf einen weiteren Vierzeiler.

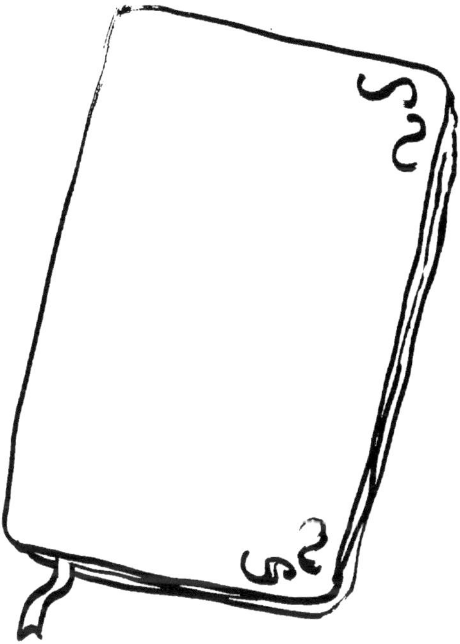

Ein Sommertag hat ihn entdeckt,
der hinter Schatten oft versteckt.
Hinab ins Blau blickt da der Mann,
der bis zum Himmel fliegen kann.

Leo stellt sich hinter Kathrin und Ludwig und schaut ihnen über die Schulter. »Und was sollen die Zahlen dahinter? Das sind doch Zahlen, oder? Zwei, drei und drei, vier?«

Kathrin blättert ein bisschen zurück, und Ludwig liest wieder laut vor:

»Das Jahr des Heute ist verborgen
in vierzehn, die hier keiner kennt.
Nur für den Reisenden alleine,
der richtig sie der Tafel nennt.«

Kathrin sieht auf. »Vierzehn Zahlen.«

»Und wir haben vierzehn Hebel. Das kann kein Zufall sein«, sagt Leo. »Zeig noch mal. Die Zahlentafel. Der muss man die vierzehn richtigen Zahlen nennen, dann kommt man ins Jahr des Heute.«

»Jahr des Heute? Heute?«, fragt Kathrin.

»Nee, ich glaube eher, der meint das Heute damals. Also das Jahr, in dem die Reise losging. Siebzehnhundert-irgendwas.«

»1782«, sagt Ludwig leise. »Meint ihr wirklich?«

Leo nickt heftig.

»Bestimmt ist in den Gedichten der Geheimcode für die Zeitmaschine verborgen. Wir müssen also nur die Rätsel lösen, dann kannst du wieder in deine Zeit zurück.«

Kathrin runzelt die Stirn.

»Nur!«, wiederholt sie und schluckt.

Die Kinder starren auf die zehn Rätsel, die sie lösen müssen und die Ludwig nun langsam vorliest.

Das Jahr des Heute ist verborgen
in vierzehn, die hier keiner kennt.
Nur für den Reisenden alleine,
der richtig sie der Tafel nennt.

Ein Stern reist ins Weiße,
doch steht er stets still.
Nicht Tiefgang doch Jahrgang
ist, was ich will.
2,3

Seltsame Tiere in heißem Land,
mit Hörnern, Flecken und Streifen.
Doch eins war so schnell, es raste vorbei,
man konnte es kaum begreifen.
1

Ein Sommertag hat ihn entdeckt,
der hinter Schatten oft versteckt.
Hinab ins Blau blickt da der Mann,
der bis zum Himmel fliegen kann.

3,4

Gewaltig ist das Ungeheuer,
wie groß mag es wohl sein?
Die Flossen breit, der Hals so lang,
der Kopf dagegen klein?

1

Die Felle vergangen, die Höhle ist leer,
der Mann von der Dussel lebt nun nicht mehr.
Verloren, vergessen und wieder gefunden,
beschert er der Wissenschaft schwierige Stunden.«

2,4

Hoch über der Stadt hat ihn August geseh'n
und hat ihn auf ewig gebannt.
Seitdem steht er droben bewegungslos,
die Stange in seiner Hand.

1,4

Die Hofkapelle in seiner Stadt
keinen jüngeren Musicus hat.
Vier Saiten tönen voll und tief,
wie alt war er, als man ihn rief?

1

Wie schwer ist das Auge des Tigers
beim Garten voll seltsamer Pflanzen,
wo heute die Herren und Damen
der Hauptstadt so gerne noch tanzen?

2

Die Fahnen fliegen, es donnert Salut,
der neue Herr ist gekommen.
Wann hat Max Franz den Jubelschrei
im Land am Rhein vernommen?

3,4

Rätselraten

Es ist nicht einfach, gleichzeitig zu dritt in einem kleinen Buch eine altertümliche Handschrift zu entziffern, die nur einer von ihnen richtig lesen kann.

»So funktioniert das nicht«, sagt Kathrin. »Wir müssen die Sprüche rausschreiben. Ich hol meine Karteikarten.«

Sie rennt in ihr Zimmer und kommt einen Moment später mit einem Stapel hellblauer Kärtchen und ihrem knallroten Füller zurück.

»Normalerweise lerne ich damit meine Englisch-Vokabeln«, erklärt sie, »aber heute werden wir die Rätsel darauf schreiben. Wenn wir die Karten auf den Boden legen, können wir alle gleichzeitig gut sehen.«

Sie nimmt einen Filzstift von Leos Schreibtisch und gibt ihn ihrem Bruder. Dann reicht sie Ludwig das Buch.

»Lies vor. Aber langsam, damit wir mitschreiben können. Immer abwechselnd, okay, Leo?«

Leo nickt.

Mit dem ersten Spruch ist Kathrin schnell fertig. Sie legt die blaue Karte auf den Boden. Während Leo den zweiten aufschreibt, starrt sie auf die Worte, als könnte sie sie damit zwingen, ihr Geheimnis preiszugeben.

Leo legt die zweite Karte auf den Boden. Ludwig nimmt sich seinen Stift und eine Karte und schreibt den dritten Spruch ab.

»Äh – Schönschrift ist nicht deine Stärke? Oder hat man in deiner Zeit wirklich so geschrieben?«, fragt Kathrin vorsichtig.

Was auf der Karte steht, sieht eher aus wie eine Kritzel-Geheimschrift und ist nicht zu entziffern.

Ludwig zuckt mit den Achseln und deutet auf Kathrins Karte.

»So habe ich die Buchstaben wahrlich nicht gelernt. Auch gelingt es nicht immer, in die Schule zu gehen. Manchmal haben wir das Schulgeld nicht. Und ich bin oft so müde, wenn ich nachts vor

Vaters Gästen noch Klavier spielen muss. Doch Noten kann ich gut zu Papier bringen!«

»Hier brauchen wir aber Buchstaben und keine Noten«, sagt Leo. »Okay, dann schreiben eben nur Kathrin und ich. Du kannst ja schon mal nachdenken.«

Einige Minuten später liegen zehn recht säuberlich beschriftete blaue Karteikarten auf dem Boden. Auf jeder steht ein vierzeiliges Gedicht, unter jedem Gedicht – außer unter dem allerersten – stehen ein oder zwei Zahlen.

Ludwig gähnt.

»Bist du müde?«, fragt Kathrin.

»Ja, sehr.« Ludwig nickt. »Aber ich weiß nicht, wo ich schlafen kann.«

»Ganz einfach«, sagt Leo. An der Wand gegenüber von seinem Bett steht ein Sessel. Den klappt Leo zu einer Matratze auf. Aus einer Schublade unter seinem Bett zieht er ein bunt bezogenes Kissen und eine Decke und legt sie auf die Matratze.

»Bitteschön.«

Ludwig strahlt. Er sieht wirklich sehr müde aus.

Leo holt aus seinem Schrank einen Schlafanzug und drückt ihn in Ludwigs Hand.

»Hier, der müsste dir passen«, sagt er. »Soll ich dir das Bad zeigen?«

»Vielleicht solltest du lieber mit ihm gehen«, schlägt Kathrin vor. »In so einem modernen Badezimmer kennt er sich bestimmt nicht aus. Ich nehme die Karten mit rüber in mein Zimmer.«

Leo nickt, und die beiden Jungen verschwinden Richtung Badezimmer.

Es dauert eine ganze Weile, bis Ludwig und Leo zurück sind. Ludwig gähnt.

»Leg dich ruhig hin«, sagt Leo. »Morgen früh sehen wir weiter. Ich geh rüber zu Kathrin, falls du uns suchst, das ist die Zimmertür mit dem Mozart-Poster am Ende des Flurs.«

»Mozart?«, fragt Ludwig. »Ihr kennt Mozart?«

»Seine Musik«, stellt Leo richtig.

Das würde gerade noch fehlen, dass Wolfgang Amadeus Mozart auch zu Besuch käme!

In Kathrins Zimmer ist es ziemlich dunkel. Nur der Schein einer Stehlampe fällt auf die blauen Karten, die Kathrin auf ihrem weißen Bettvorleger aufgereiht hat.

»Also, die Zahlen helfen nicht weiter.« Sie seufzt. »Es sind immer ein oder zwei Zahlen zwischen eins und vier, insgesamt vierzehn Zahlen. Vierzehn Zahlen, vierzehn Hebel. Zuerst hab ich also gedacht, dass man diese Zahlen vielleicht durch die Sprüche in die richtige Reihenfolge bringen muss, aber wozu dann die Zahlen von null bis neun auf der Zeitmaschine? Dann hätten eins bis vier ja gereicht.«

»Ein anderer Code für eine andere Zeit?«, schlägt Leo vor. »Dieser Meister Goldmann ist ja vielleicht auch anderswo oder anderswann unterwegs? Am Ende haben wir ihn sogar schon mal gesehen.«

»Ich weiß nicht.« Kathrin fährt sich mit der Hand durchs Haar, so dass es über der Stirn hochsteht.

Leo lacht. »Jetzt siehst du ziemlich dusselig aus!«

Kathrin runzelt die Stirn.

»Irgendwas mit einem Dussel ist auch in den Sprüchen.«

»Kennt Meister Goldmann dich? Dann war er wohl doch schon mal hier.«

»Bäh!« Kathrin streckt Leo kurz die Zunge heraus und sucht die entsprechende Karte.

»Hier, schau mal:

Die Felle vergangen, die Höhle ist leer,
der Mann von der Dussel lebt nun nicht mehr.
Verloren, vergessen und wieder gefunden,
beschert er der Wissenschaft schwierige Stunden.«

»Also, von der Dussel wollte ich nicht heißen«, erklärt Leo. »Dann müsste ich ja am Ende in Dusseldorf wohnen.«

»Dusseldorf!« Kathrin reißt die Augen auf.

»Dusseldorf – Düsseldorf. Vielleicht heißt das ja gar nicht Dussel, sondern Düssel!«

Leo springt auf und läuft in sein Zimmer, wo das kleine lederne Buch liegt.

»Ludwig schläft schon«, sagt er, als er zurückkommt. »Und schau mal hier: Der Strich über dem u, das könnte tatsächlich auch ein ü sein! Also wäre der Mann von der Düssel. Hilft uns das weiter?«

Kathrin springt auf.

»Klar doch! Die Düssel ist ein Fluss oder ein Bach und fließt natürlich nicht nur durch Düsseldorf. Überleg doch mal: Felle, Höhle, Wissenschaft. Erinnerst du dich nicht?«

Leo strahlt.

»Das Neandertal«, sagt er und atmet tief durch. »Der Mann von der Düssel ist der Neandertaler aus der Steinzeit, der dort seine Höhle hatte. Und die Wissenschaftler haben damals viel gerätselt, als sie die Knochen von diesem unbekannten Urmenschen fanden.«

»Richtig! Das muss die Lösung sein!«, ruft Kathrin.

»Aber wie kommen wir ins Neandertal?«, fragt Leo.

»Quatsch, Neandertal. Der Neandertaler ist doch viel näher. Wo hat Papa uns zum ersten Mal das Stück vom Neandertalerschädel gezeigt und von ihm erzählt?«

Leo grinst. Er erinnert sich noch genau.

»Hier in Bonn. Im Rheinischen Landesmuseum.«

»Eben«, sagt Kathrin. »Und genau da gehen wir morgen hin!«

Neandertaler und Co

Und das ist wirklich okay, wenn ihr alleine geht?« Tina sieht nicht ganz glücklich aus, als Leo und Kathrin ihr verkünden, dass sie Ludwig das Rheinische Landesmuseum zeigen wollen.

»Gar kein Problem. Wir waren schon ein paar Mal dort und kennen uns aus, ehrlich«, sagt Leo.

»Braucht ihr Geld für den Eintritt?«, fragt Tina.

»Nee, das kostet nur für Erwachsene«, informiert sie Leo. »Und eine Bus-Streifenkarte für Ludwig ist hier auch noch.«

Er nimmt die Streifenkarte von der Kühlschranktür, an der viele bunte Magnetwürfel allerlei Nützliches festhalten.

»Wann kommt ihr wieder?«, fragt Tina. »Soll ich dann was kochen?«

»Schpaketti!«, sagt Ludwig sofort.

»Nee, heute lieber Pizza – das mag Ludwig sicher auch«, entscheidet Leo. »Wir rufen an, wenn wir uns auf den Heimweg machen.«

»Fein, dann viel Spaß im Museum.«

»Was ist denn ein Pitt-za?«, fragt Ludwig leise, als sie aus dem Haus treten. »Und was für eine gestreifte Karte habe ich jetzt?«

Kathrin lächelt ihn an. Heute sieht Ludwig eigentlich ganz normal aus; Leos alte Jeans und die Jacke vom letzten Winter passen ihm gut. Wie praktisch, dass Ludwig kleiner ist als Leo, sonst hätten sie ein ziemliches Problem gehabt. Heute wären Ludwigs Klamotten vielleicht noch als Karnevalskostüm durchgegangen, aber ab morgen? Ab Aschermittwoch?

Mit Leos und Kathrins Hilfe schafft Ludwig das unbekannte Busfahren und zwickt sich angesichts der vielen Autos, Busse und Straßenbahnen auf den Straßen sogar nur zweimal in die Hand.

Vom Busbahnhof geht es durch die Unterführung unter dem Hauptbahnhof und dann sind es nur noch ein paar Schritte zum Rheinischen Landesmuseum. Verblüfft und ein bisschen ehrfürchtig schaut Ludwig sich das Gebäude an, als sie hineingehen. Über eine Fassade aus schrägen und geraden Holzbrettern ist eine Art Glaskasten gestülpt, in dem zwei steinerne Monumente stehen und durch den man das Museum betritt. Schön sieht das aus, und drinnen ist es auch gleich wärmer. Links ist ein Restaurant, ganz rechts scheint ein Laden zu sein. Was man da wohl kaufen kann?

Leo besorgt die Eintrittskarten. Die zeigen das Museumsgebäude noch einmal vor strahlend blauem Himmel und kosten tatsächlich nichts.

Zur Garderobe führt eine Treppe hinter der Glastür nach unten, aber Ludwig ist so begeistert von dem großen römischen Grabmal auf der linken Seite der zentralen Halle, dass Leo ihm und Kathrin kurzerhand die Jacken abnimmt und sie schnell alleine zur Garderobe nach unten bringt. Beinahe rennt er dabei eine ältere Frau mit einem Gehstock um, die ihm entgegenkommt.

»Rüpel!«, schimpft die Frau und hält ihre große, braun gefleckte Handtasche ganz fest. Dann allerdings humpelt sie erstaunlich flott Richtung Ausgang, ohne auf Leos Entschuldigung zu reagieren.

Leo, Kathrin und Ludwig steigen die Treppe hinauf in den ersten Stock.

»Hier entlang«, sagt Leo und schiebt sich an einer Besuchergruppe vorbei, die sich ziemlich breitgemacht hat. »Da vorne rechts heißt es *Neandertaler und Co*!«

Überrascht bleibt Ludwig am Eingang stehen. Im ersten Raum der Abteilung steht gleich rechts ein ausgestopfter Schimpanse, dazu gibt es hier jede Menge Schädel- und andere Knochen. In einer Ecke steht sogar das Skelett eines heutigen Menschen. Außerdem kann man in den Glaskästen in der Holzwand am Ende des Raums Faustkeile und andere Werkzeuge aus behauenem Feuerstein sehen. Ludwig würde am liebsten noch länger schauen, aber Leo zieht ihn weiter zu den nächsten Ausstellungsstücken, vorbei an einem kleinen dunklen Raum, in dem auf einem großen Bildschirm ein Film über die Entwicklung der Erde läuft.

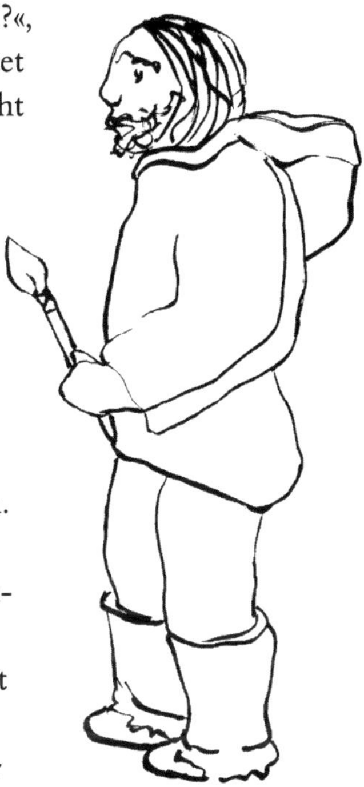

»Sind das ausgestopfte Menschen?«, fragt Ludwig erschrocken und deutet auf zwei Figuren: In einer Ecke steht ein Neandertaler in Leder- und Fellkleidung und mit einem Speer in der Hand; auf der Holzwand schräg gegenüber kniet ein zweiter Neandertaler mit einem Vogel als Jagdbeute.

»Nein, die sind doch nicht echt! So sahen die Neandertaler mal aus. Vor 42.000 Jahren«, erklärt Kathrin. »Die sind nachgebaut.«

Ludwig reißt die Augen auf. Menschen kann man nachbauen?

»Aber der hier ist echt«, ergänzt Leo.

Ja, jetzt stehen sie tatsächlich vor ihm, dem Mann von der Düssel. Beziehungsweise vor dem, was von ihm übrig ist. In der Mitte des Raumes steht eine Glasvitrine. Auf einer Zeichnung eines Skeletts liegen einige alte, dunkle Knochen: ein Schädeldach, Arm- und Beinknochen, ein paar Rippen und andere Knochenteile.

»Und solche Menschen haben tatsächlich mal gelebt? Und sind dann ausgestorben?«, fragt Ludwig erstaunt. »Davon habe ich noch nie gehört.«

»Kein Wunder«, antwortet Kathrin. »Du kommst aus dem Jahr 1782, und man hat die Kalotte – also das Schädeldach da – ja erst 1856 gefunden, steht hier.«

»Und woher weiß Meister Goldmann das?«

»Na, ich nehme an, er wird seine Zeitmaschine nicht nur zum Staubfangen gebaut haben. Sicher hat er sie auch selbst benutzt. Vielleicht war er mal im Jahr 1856, oder er hat in einem späteren

Jahr darüber gelesen. 1782 konnte er das auf jeden Fall nicht wissen.«

Leo zuckt zusammen.

»Was hast du da gesagt?«

»Dass Meister Goldmann das 1782 nicht wissen konnte, und –«

»Der Neandertaler wurde 1856 gefunden«, unterbricht sie Leo.

»Warum fragst du, wenn du zugehört hast?«

»1856.«

»1856? Was ist damit?«

»Hier – schaut noch mal.«

Er holt die blaue Karteikarte aus der Hosentasche und liest:

»Die Felle vergangen, die Höhle ist leer,
der Mann von der Düssel lebt nun nicht mehr.
Verloren, vergessen und wieder gefunden,
beschert er der Wissenschaft schwierige Stunden.
2,4.«

»Ja, klar, der Neandertaler. Das haben wir doch schon gelöst«, sagt Kathrin.

»Zwei, vier«, wiederholt Leo und zeigt auf die Karte. »Wir brauchen eine Zahl, die irgendwas mit dem Neandertaler zu tun hat und mindestens vier Ziffern haben muss. Na, und?«

»1856«, sagt Kathrin. »Klar!«

»Das wären also die zweite und die vierte Ziffer – acht und sechs.«

»War doch gar nicht so schwer.« Leo lacht. »Ludwig, komm, wir gehen!«

»Kann man auch dort herumgehen?«, fragt Ludwig und steuert auf die Fortsetzung der Ausstellung zu.

»Von mir aus«, stimmt Leo zu.

So erfährt Ludwig, dass die Neandertaler bereits Flöte spielten und dass sie in ihren Wohnhöhlen Wandgemälde von Tieren anfertigten. Er sieht noch mehr Knochen aus einem Grab, die *nur* 14.000

Jahre alt sind. Es sind die Knochen eines Mannes, einer Frau und eines Hundes. So lange also gibt es schon Hunde als Haustiere!

Sie gehen weiter von der Steinzeit in die Bronzezeit, in der die Menschen Waffen und Werkzeuge aus Metall benutzten, sehen Gefäße aus Ton, aus Gold, Schmuck und einen alten, keltischen Mann in einer rot karierten Decke auf einem flachen Holzwagen. Er sieht tot aus.

»Der ist auch nicht echt«, beruhigt Leo.

Ludwig würde gerne noch bleiben und alles genau anschauen, aber sein Magen fängt plötzlich laut an zu knurren.

»Dann gehen wir besser mal nach Hause«, sagt Leo. »Ruf Tina an, damit sie die Pizza in den Ofen schiebt.«

Kathrin zieht ihr Handy aus der Jacken-Innentasche. Ludwig starrt sie an, als sie auf ein paar Knöpfe drückt und anschließend in das Ding hineinspricht, als würde sie mit ihrer Tante reden. Nein, alleine käme er in dieser Zeit kein bisschen zurecht. Wie gut, dass er Leo und Kathrin getroffen hat! Sonst wäre er sicher verrückt geworden oder erfroren oder verhungert. Ob der Pitt-za genau so gut schmeckt wie die Schpaketti?

Mittagskonzert

Tinas Pizza ist tatsächlich hervorragend – mit knusprigem Teig und dickem Belag. Nur ein kleines Stück bleibt übrig, obwohl Tina eigentlich gedacht hat, dass sie ihrer Freundin etwas anbieten könnte, wenn sie nachher kommt.

»Kathrin, dein Klavier«, sagt Tina, als sie die Teller in die Spülmaschine räumt. »Ich soll dich dran erinnern, dass du noch irgendwas übst.«

»Ja, ich weiß. Mach ich gleich.«

»Spielst du auch ein Instrument, Ludwig?«, fragt Tina.

Ludwig nickt.

»Klavier, Orgel, Geige und Bratsche«, antwortet er.

»Ui!« Tina ist beeindruckt. »Dann bist du wohl ein richtiges Wunderkind!«

Ludwig kneift die Lippen zusammen und schweigt. Aber als sie in Leos Zimmer sind, bricht es aus ihm heraus.

»Ich hasse es, wenn sie mich Wunderkind nennen! Mozart war ein Wunderkind, und mein Vater will aus mir auch eines machen. Er behauptet sogar, ich wäre jünger als ich bin, damit die Leute das glauben! Immer muss ich lügen. Und ständig muss ich vorspielen.«

»Aber – du bist doch wirklich begabt«, sagt Kathrin. »Die Musik ist dir wichtig, oder?«

Ludwig zögert. Dann nickt er. »Ja, ich liebe die Musik. Aber das ist kein Wunder, weil mein Vater und mein Großvater schon Musiker waren. Und meine Mutter singt sehr schön.«

»Und du komponierst doch auch«, sagt Kathrin bewundernd.

»Woher weißt du das?«, fragt Ludwig. »Das weiß außer meiner Familie nur Herr Neefe, mein Klavierlehrer. Der will dieses Jahr einige Kompositionen von mir veröffentlichen.«

»In deiner Zeit wissen das vielleicht noch nicht viele, aber heute weiß es die ganze Welt«, erklärt Kathrin. »Du bist einer der berühmtesten Komponisten!«

»Ehrlich?«, fragt Ludwig. Seine Augen strahlen. »Dann gefällt den Menschen meine Musik bis in eure Zeit?«

»Sehr«, sagt Kathrin. »Hier in Bonn gibt es sogar ein Beethoven-Fest und ein Beethoven-Denkmal und …«

»Wir sollten jetzt aber lieber überlegen, wie wir die anderen Rätsel lösen«, unterbricht Leo. »Wenn Ludwig aus seiner Zeit verschwindet, bevor er alles komponiert hat, verschwindet am Ende auch seine Musik, oder was meint ihr?«

Erschrocken sieht Kathrin ihren Bruder an.

»Daran hab ich bisher gar nicht gedacht!«

»Und ich glaube, wir haben nicht ewig Zeit«, fügt Leo hinzu. »Ich habe mir das Büchlein noch mal angeschaut. Und da steht auf der ersten Seite unten: vor der fünften Mitternacht.«

»Meinst du, das heißt, man muss den Code vor der fünften Nacht eingeben?«

Leo nickt. Sein Gesicht ist sehr ernst.

»Eine Nacht ist schon vorbei. Und wir haben erst zwei Ziffern. Die fünfte Nacht beginnt am Freitagabend. Das heißt, wir müssen den Geheimcode bis Freitag um Mitternacht kennen. Denke ich zumindest. Dieser Meister Goldmann drückt sich ja immer ziemlich wirr aus.«

»Klingt aber logisch«, sagt Kathrin. »Also, ich lass das jetzt mit dem Klavier. Gib noch mal die Karten her, vielleicht wird's einfacher, wo wir schon mal ein Rätsel gelöst haben.«

»Darf ich dann etwas Klavier spielen?«, fragt Ludwig leise.

»Klar!« Kathrin nickt. »Es steht in meinem Zimmer. Ich zeig's dir.«

Ludwig folgt ihr. Er wirft einen bewundernden Blick auf das Mozart-Poster an Kathrins Tür und lächelt glücklich, als er das Klavier sieht. Bis Kathrin zurück in Leos Zimmer ist, klingen perlende Töne durch die Wohnung.

»Der ist echt gut!«, sagt Leo.

Kathrin nickt. »Klar – Beethoven eben!«

Moderne Kunst

Mit der Ruhe ist es vorbei, als Tinas Freundin Valerie am Nachmittag hereinschneit.

»Du kannst dich doch nicht immer hinter dem Computer vergraben«, stellt sie fest. »Wir gehen jetzt einfach mal raus, du wirst sehen, dann läuft die Arbeit hinterher viel besser.«

»Raus?«

Tina schaut wenig begeistert aus dem Fenster. Es nieselt und sieht so aus, als könnte aus dem Nieseln gleich ein Graupelschauer werden.

»Na, dann eben in ein Museum. Ich war noch nie hier im Bonner Kunstmuseum – das wäre doch was. Vielleicht wollen die Kinder ja auch mit?«

»Das glaube ich nicht, die waren heute Morgen schon im Rheinischen Landesmuseum«, sagt Tina. »Zwei Museen am Tag werden sie kaum anschauen wollen.«

»Kunstmuseum?« Ludwig reißt die Augen auf. »Es gibt noch andere Museums?«

»Museen, heißt das«, erklärt Kathrin leise. »Und ja, es gibt in Bonn noch andere Museen. Ziemlich viele sogar. Gibt es zu deiner Zeit keine?«

Ludwig schüttelt den Kopf.

»Es gibt private Sammlungen, jedoch kann man die nicht einfach so besichtigen wie die Museums hier.«

»Das ist ja doof«, findet Kathrin. »Aber es heißt in der Mehrzahl trotzdem Museen.«

»Museen? Sicher? Weil – ich hab schon mal Museums gehört. Da wusste ich nur nicht, was das ist. Doch das hat er gesungen: Mu-se-umse-umse-ums«, singt Ludwig.

»Wer hat das gesungen?«

»Meister Goldmann!«

»Meister Goldmann? Pffff!« Leo atmet aus und sieht Kathrin an.

Kathrin nickt. Sie weiß genau, was er denkt. Kann es sein, dass Meister Goldmanns Sprüche etwas mit den Museen zu tun haben? Lassen sich so Lösungen für die Rätsel finden?

»Ludwig war auch noch nie im Kunstmuseum«, sagt sie laut.

»Also, dann kommt doch mit«, schlägt Valerie vor. »Wir passen ja alle in mein Auto, da müssen wir nicht einmal durch dieses Wetter laufen!«

So stehen die drei Kinder bald mit Tina in der hellen und großen, aber ziemlich kahlen Eingangshalle des Kunstmuseums, während Valerie den Eintritt bezahlt. Dann gehen sie zusammen die breite Treppe hinauf in den ersten Stock und durch die einzelnen Räume. Es sind nur wenige Kunstliebhaber unterwegs und die stehen so leise vor den Ausstellungsstücken, dass Kathrin am liebsten einmal laut »Buh!« schreien würde, um sie zu erschrecken.

»Na, ich weiß nicht, ob wir hier was finden.« Leo schaut sich skeptisch um. Keines der großen, bunten Gemälde scheint irgendetwas mit Meister Goldmanns Sprüchen zu tun zu haben.

»Ach, gehen wir einfach mal schnell durch die Räume«, schlägt Kathrin vor. »Vielleicht fällt uns ja doch was auf.«

Tina und Valerie bleiben bald zurück, weil sie alle Info-Tafeln lesen wollen.

»Ist das Kunst?«, fragt Ludwig nach einer Weile leise. Die Bilder und Skulpturen, die in den Räumen stehen, kommen ihm sehr seltsam vor.

»Moderne Kunst«, sagt Kathrin. »Zwanzigstes Jahrhundert.«

»Mhm.« Ludwig ist nicht gerade begeistert.

Vor einem Gemälde bleibt er dann doch noch ein bisschen länger stehen. In der Mitte ist eine hellgelbe Form, die an eine Zitrone erinnert, drum herum sind Kreise in verschiedenen Farben gemalt.

»Dieser Maler Delauney war aber nicht gut«, flüstert Ludwig. »Das kann ja sogar mein kleiner Bruder Nikolaus besser! Der Mond ist doch rund!«

»Mond?«, fragt Kathrin.

»Hier steht es«, sagt Ludwig und zeigt auf das Schildchen neben dem Gemälde. »Lune No 2. Lune, das spricht man *lühn*, und das ist das französische Wort für Mond.«

»Echt?«, fragt Leo. »Krass! Naja, als der das gemalt hat, war erst 1913, da war man ja noch nicht auf dem Mond gelandet. Oder vielleicht hatte er auch einen Sehfehler.«

»Auf dem Mond gelandet?«, fragt Ludwig entsetzt. »Könnt ihr denn bis zum Himmel fliegen?«

Leo lacht. »Na klar, es gibt Flugzeuge und Raumschiffe. Ich zeig dir daheim mal ein Buch, das ist echt interessant.«

»Bis zum Himmel fliegen …« Ludwig schüttelt immer noch den Kopf.

»Das ist es!«, ruft Leo so laut, dass sich ein paar andere Besucher in dem Raum überrascht umdrehen. Das junge Pärchen grinst, der alte Mann mit dem Schnauzbart schaut ganz grimmig, nur die Frau mit dem Stock geht einfach weiter.

»Ein Sommertag hat ihn entdeckt,
der hinter Schatten oft versteckt.
Hinab ins Blau blickt da der Mann,
der bis zum Himmel fliegen kann.

Die Mondlandung! Der Mond ist nicht immer voll und rund zu sehen, weil er im Schatten der Erde ist. Und die Erde sieht aus dem Weltraum blau aus.«

»Das könnte sein«, sagt Kathrin. »Nur – was für eine Zahl haben wir dazu?«

Leo zuckt mit den Achseln. »Noch gar keine. Aber im Haus der Geschichte gibt's doch was zur Mondlandung. Das ist so nah, da können wir einfach nachher hingehen.«

»Na, ihr drei, schon genug?«

Tante Tina und Valerie haben sie eingeholt. »Gefällt's euch?«

Ludwig sieht noch einmal das Bild an und verzieht sein Gesicht.

Tina lacht.

»Du magst Delauney nicht? Immerhin war er der erste Künstler, der keine Gegenstände gemalt hat, stattdessen hat er seine Motive nur aus Farbe entworfen. Das war damals eine ganz neue Art von Kunst. Aber wir gehen gleich mal zu Mackes Bildern, die gefallen dir bestimmt besser«, meint sie. »Die sind von Delauney und seiner Art, Farben zu verwenden, beeinflusst. Allerdings kannst du noch Gegenstände erkennen.« Sie lächelt.

»Mackes Bilder?«

»August Macke war ein Maler, den ich sehr mag. Sein früheres Wohnhaus hier in Bonn ist auch ein Museum«, erklärt Tina und führt die kleine Gruppe weiter.

Tatsächlich. Die Bilder in dem Ausstellungssaal, den sie jetzt betreten, gefallen Ludwig besser. Manche sind zwar etwas seltsam mit ihren bunten, eckigen Formen, aber viele sehen richtig schön und normal aus, findet er.

Es gibt auch ein Selbstbildnis von August Macke mit Hut, auf dem er allerdings nicht sehr freundlich schaut.

Während Tina und Valerie lange vor diesem Selbstporträt verweilen und über verschiedene Maler sprechen, die August Macke beeinflusst haben, gehen die Kinder langsam an den Gemälden vorbei. Vor einem der bunten Bilder bleibt Kathrin stehen. Da sind eine Menge Ecken und Striche und angedeutete Menschen im Vordergrund. Sie legt den Kopf schief. Über den Menschen scheint ein Mann auf einem Seil zu balancieren. In der Hand hält er –

»August hat ihn gesehen mit der Stange in seiner Hand«, versucht sie sich an den Wortlaut des Gedichtes zu erinnern. »Leo, wie war das Gedicht noch?«

Leo zieht die blauen Karten aus der Gesäßtasche und blättert sie schnell durch. Dann liest er:

»Hoch über der Stadt hat ihn August geseh'n
und hat ihn auf ewig gebannt.
Seitdem steht er droben bewegungslos,
die Stange in seiner Hand.«

Kathrin nickt.

»August Macke hat den Seiltänzer mit seiner Balancierstange gemalt und auf ewig gebannt! Das ist es!«

»Gibt es irgendwo eine Zahl dazu?«, fragt Leo.

»1914 – da wurde das Bild gemalt.«

»1914. Wir brauchen die erste und die vierte Zahl, das wären die Eins und die Vier.«

Kathrin strahlt! Das ist ja doch gar nicht so schwer! Jetzt noch schnell ins Haus der Geschichte, und dann haben sie schon sechs Zahlen für den Geheimcode!

Mondgestein

Tina ist sehr überrascht, dass Leo, Kathrin und Ludwig nach dem Museumsbesuch immer noch nicht nach Hause wollen.

»Wir wollen Ludwig das Mondgestein zeigen«, erklärt Leo. »Er interessiert sich nämlich für die Mondlandung und für die Raumfahrt.«

»Na gut.« Tina ist einverstanden. »Ich schlage vor, dass Val und ich es uns in der Zeit im Museumscafé gemütlich machen. Was meinst du, Val?«

»Ich würde jetzt auch lieber einen Kaffee trinken.«

Glücklicherweise hat es aufgehört zu nieseln. Es sieht sogar aus, als ob die Sonne gleich ein bisschen zwischen den Wolken herausschauen wollte.

»Da vorne?«, fragt Ludwig, als sie das Kunstmuseum verlassen. Direkt gegenüber ist ein zweites großes Gebäude, das aussieht wie ein Museum.

»Nein, das ist die Bundeskunsthalle. Da gibt es Ausstellungen, nur die wechseln immer. Ich glaube nicht, dass wir da was finden. Obwohl das toll ist, wenn sie Sachen aus ausländischen Museen oder von archäologischen Ausgrabungen zeigen. Aber ich denke mir jetzt mal, Meister Goldmann spricht keine Fremdsprachen, oder?«

Ludwig zuckt mit den Schultern. »Nicht, soweit ich weiß.«

»Dann ist er sicher da geblieben, wo man deutsch spricht. Und dazu gibt's zurzeit keine Ausstellung. Hier links rum.«

Auch das Haus der Geschichte der Bundesrepublik Deutschland, wie das Museum vollständig heißt, ist ein großes, modernes Gebäude mit einer riesigen Eingangshalle. Im Boden sind einige quadratische Glasplatten eingelassen, durch die man in den Keller schauen kann. Während Tina und Valerie sich auf den Weg ins Café machen, beugt sich Ludwig über die Glasplatten und starrt hinunter.

»Ein römischer Keller«, sagt Leo kurz.

»Wieso haben die Baumeister hier einen römischen Keller geschaffen?«, fragt Ludwig überrascht.

»Den haben die nicht geschaffen, der war schon an dieser Stelle. Hier stand ganz früher mal ein römisches Haus. Und als man das Museum gebaut hat, hat man die alten Mauern gefunden. Dann hat man die zu einem Teil des Museums gemacht.«

»Und warum haben die da vorne überall kaputte Mauern und so hingestellt?«

»Das zeigt, dass Deutschland nach dem Zweiten Weltkrieg stark zerstört war, es gab nämlich …«

Aber Ludwig hört nicht mehr zu. Fasziniert steht er neben dem amerikanischen Militärauto, das gleich am Eingang der Dauerausstellung steht.

»Was ist das? Eine Kutsche ohne Pferde, so wie die auf der Straße?«

»Ja, ein Auto«, bestätigt Leo. »Aber jetzt komm weiter!«

Wie gut, dass er und Kathrin schon so oft hier waren und wissen, wo sie schauen müssen. Sie müssen nur darauf achten, dass sie Ludwig nicht verlieren, weil er immer wieder irgendwo gebannt stehenbleibt.

Schließlich erreichen sie die große Rampe, auf der ein originaler Raumanzug steht.

»Da oben.« Leo deutet auf den Kopf der Rampe, und zusammen steigen sie hinauf. »Da oben ist ein Stein ausgestellt, ein nicht allzu großer, gräulicher Stein, der kein bisschen besonders aussieht. Aber er ist ein echtes Stück Mondgestein, das die Astronauten mit zurück auf die Erde gebracht haben.«

Ein Sommertag hat ihn entdeckt,
der hinter Schatten oft versteckt.
Hinab ins Blau blickt da der Mann,
der bis zum Himmel fliegen kann.

3,4

»Und wo ist jetzt die Zahl?«, fragt Ludwig.

Leo schaut noch einmal kurz auf die blaue Karte.

»Mhm, wir brauchen die Ziffern drei und vier. Vielleicht wieder eine Jahreszahl?«

»Die Mondlandung«, schlägt Kathrin vor. »Da steht es: 20. Juli 1969. Ein Sommertag 1969.«

»Das wären dann also sechs und neun.«

Kathrin nickt.

»Aber jetzt will ich nach Hause. Komm, wir holen Tina und Valerie im Café ab. Die haben sicher auch schon genug, und mein Kopf raucht irgendwie.«

»Ich sehe gar nichts rauchen«, sagt Ludwig. »Aber ich möchte gerne noch ein bisschen Klavier spielen, wenn ich darf.«

Kathrin strahlt und nickt. Dieses Mal will sie Ludwig richtig zuhören. So eine Chance kommt nie wieder, vielleicht kann er ihr sogar eine seiner eigenen Kompositionen vorspielen? Wenn das ihr Klavierlehrer wüsste! Oder ihre Eltern oder ihre Freundin …

Ludwig, der Meister

Am Abend spielen Kathrin und Ludwig Klavier. Zuerst traut sich Kathrin nicht richtig. Obwohl sie schon seit vielen Jahren Unterricht hat, möchte sie sich nicht mit Ludwigs Spiel messen. Aber dann findet er zwischen ihren Noten ein leichtes kleines Tanzstück für vier Hände, und Kathrin lässt sich überreden.

»Das war gut«, lobt Ludwig sie. »Du hast eine sehr gute Technik. Dir fehlt nur noch ein bisschen Gefühl. Du musst die Musik spüren, hier drinnen.« Er klopft mit der Hand auf seine Brust. Dann setzt er sich wieder ans Klavier und schlägt ein neues Notenheft auf.

Kathrin und Leo sehen sich an. Sie kennen das Stück, das Ludwig jetzt spielt, sehr gut.

»Das ist schön«, sagt Ludwig. »*Für Elise* – wer hat das komponiert?« Er klappt die Noten zu und liest: *Ludwig van Beethoven*. Verblüfft schaut er die anderen an. »Ich?«

Kathrin nickt.

»Hast du noch mehr Noten von mir?«

Kathrin nickt wieder.

»Darf ich …« Ludwig zögert.

Kathrin nickt noch einmal und sucht die Noten der *Mondscheinsonate* heraus. Als Ludwig sie entgegennimmt, zittern seine Hände. Dann beginnt er zu spielen.

Der letzte Ton der *Mondscheinsonate* ist verklungen. Stumm sitzen die drei Kinder in Kathrins Zimmer.

Schließlich steht Ludwig auf und sagt leise: »Ich gehe schlafen.«

»Das muss ziemlich komisch für ihn sein«, meint Leo, als er mit Kathrin alleine ist. »Das wird er doch erst viel später komponieren. Verrückt.«

»Das ist alles verrückt«, antwortet Kathrin. »Dass er hier ist, dass wir ihn kennengelernt haben und dass wir diesen blöden Geheimcode finden müssen.«

»Vielleicht kann er einfach bleiben?«

»Quatsch. Und vor allem will er doch auch wieder nach Haus – hast du nicht gehört, wie lieb er von seiner Mutter und seinen kleinen Brüdern spricht?«

Leo nickt.

»Du hast ja recht. Von seinem Vater aber nicht.«

»Na, der hat ihn auch nicht gerade toll behandelt. Weißt du, dass er noch mit elf Jahren die Schule verlassen muss, um Geld zu verdienen, äh, musste?«

»Krass!«

Leo nimmt wieder einmal die blauen Karten heraus.

»Meinst du, das ist Ludwig?«

Er deutet auf den Spruch:

Die Hofkapelle in seiner Stadt
keinen jüngeren Musicus hat.
Vier Saiten tönen voll und tief,
wie alt war er, als man ihn rief?
I

»Ludwig spielt Geige – das sind die vier Saiten.«

»Bratsche, voll und tief klingt eher nach Bratsche.«

»Okay, von mir aus. Aber das mit Hofkapelle passt und wenn er als Kind schon Geld verdienen sollte, dann bestimmt da, oder?«

»Ich bin nicht sicher«, sagt Kathrin. »Aber das finden wir im Beethovenhaus raus. Wir können morgen gleich nach der Schule hingehen.«

»Ach je, die Schule. Dass morgen wieder Schule ist, hab ich ganz vergessen! Was machen wir denn in der Zeit mit Ludwig?«

»Der kann hier auf uns warten und was lesen oder Klavier spielen. Wir haben ja nicht lange Unterricht.«

»Und dann holen wir ihn ab und gehen ins Beethovenhaus. Mal sehen, ob er es wiedererkennt.«

Kathrin zögert.

»Ich glaube, das ist keine so gute Idee«, sagt sie. »Das war ja schon heute schwierig für ihn mit der Mondscheinsonate. Es tut ihm sicher nicht gut, wenn er so viel von seiner Zukunft erfährt. Denk doch mal an die Taubheit!«

Da hat Kathrin eigentlich recht, findet Leo. Vor ein paar Monaten hat die Familie einmal Beethovens Geburtshaus besichtigt, da haben Leo vor allem die Hörrohre beeindruckt, die Beethoven benutzt hat, bevor er ganz gehörlos geworden ist.

»Stimmt«, gibt er zu. »Ich möchte auch lieber nicht wissen, ob ich in meiner Zukunft schwer krank werde oder was sonst so passiert.«

»Dann lass uns doch gleich nach dem Unterricht hinfahren, bevor wir wieder zu Ludwig nach Hause gehen.«

»Okay. Wir sind da ja sicher schnell fertig.«

Kathrin nickt. Aber eigentlich möchte sie gerne ein bisschen genauer hinschauen und mehr über das Leben ihres neuen Freundes erfahren.

Beethovens Geburtshaus

»Wann kommt ihr zum Mittagessen?«, fragt Tina beim Frühstück hinter ihrer Zeitung.

»So um Viertel nach eins«, sagt Kathrin.

»Und du, Ludwig, kommst allein zurecht?«

»Ja.«

»Ist ein bisschen dumm, dass dein Internat noch die ganze Woche Ferien hat.«

»Nein, das ist doch toll«, widerspricht Kathrin, »sonst hätte er uns ja gar nicht besuchen können. Das hätte sich von Wien aus gar nicht gelohnt.«

»Wien?«

»Ja, Ludwigs Internat ist in Wien – haben wir dir erzählt! Ein Musikinternat«, erklärt Kathrin und zwinkert Leo zu.

Leo grinst. Im Geschichtenerfinden war Kathrin immer schon die Beste.

»Gut. Ich muss nämlich heute ziemlich viel arbeiten.« Tina seufzt. Dann lässt sie die Zeitung sinken.

»Wir haben gestern übrigens Glück gehabt, in einigen Museen waren Taschendiebe unterwegs. Die haben zum Teil auch die Schließfächer in den Garderoben geknackt. Falls ihr also mal wieder ins Museum gehen solltet, nehmt lieber nichts Wertvolles mit.«

»Taschendiebe? Wo?«, fragt Leo.

»In der Bundeskunsthalle, im Kunstmuseum und im Rheinischen Landesmuseum«, antwortet Tina mit einem Blick auf den Zeitungsartikel.

»Dann haben wir die ja vielleicht gesehen?«, sagt Leo. »Überlegt mal, habt ihr was Verdächtiges beobachtet?«

Kathrin schüttelt den Kopf.

»Willst du jetzt auch noch Taschendiebe jagen? Wir haben echt genug zu tun«, sagt sie.

Leo zieht eine Grimasse. Warum sollen sie nicht nebenbei die Taschendiebe jagen? Wenn sie doch sowieso in Museen unterwegs sind?

»Ja, ihr solltet euch um euren Gast kümmern«, meint auch Tina. »Es ist wirklich nicht so praktisch, dass er jetzt noch Ferien hat und ihr wieder in die Schule müsst.«

»Ach, das ist nicht schlimm«, sagt Ludwig. Er freut sich eigentlich schon darauf, ein bisschen allein zu sein und das Klavier ganz für sich zu haben. Ihm spukt da so eine kleine Melodie im Kopf herum …

Die Zeit in der Schule vergeht mal wieder viel zu langsam. Endlich tönt der Gong. Leo und Kathrin rennen zu ihren Fahrrädern und machen sich auf den Weg in die Innenstadt. Ein Stück müssen sie ihre Räder durch die Fußgängerzone schieben. Dann stellen sie sie in der Bonngasse schräg gegenüber vom Beethovenhaus ab und schließen sie zusammen.

»Schon komisch«, sagt Kathrin, dreht sich um und starrt das Haus an.

Das Haus, in dessen Gartenflügel Ludwig geboren wurde, fällt mit seiner rosa Farbe und den dunkelgrünen Fensterläden an diesem grauen Wintertag besonders auf.

»Was ist komisch?«, fragt Leo.

»Dass Ludwig eigentlich schon lange tot ist, aber im Moment bei uns zuhause sitzt.«

»Komisch ist gar kein Ausdruck!« Leo nickt.

Einen Augenblick stehen die beiden nachdenklich da, dann gehen sie durch die schwere, reich verzierte dunkelgrüne Haustür hinein und bezahlen den Eintritt.

Obwohl sie sich eigentlich beeilen wollten, schlendern sie nun durch die Räume und schauen sich Erinnerungsstücke aus Ludwig van Beethovens Leben an.

Hier steht der Orgelspieltisch, an dem Ludwig seit seinem zehnten Lebensjahr in der Minoritenkirche spielte.

»Minoritenkirche?«, fragt Leo.

»Das ist heute die Remigiuskirche, steht da.«

Kathrin bleibt länger bei dem Schattenriss der Familie Breuning stehen. Stephan von Breuning war also Ludwigs Freund, und seiner Schwester Eleonore gab er Klavierunterricht. Was für irre Klamotten und Frisuren die Leute damals hatten! Solch ein Kleid mit ausgepolstertem Hintern war bestimmt nicht bequem. Und diese hoch aufgetürmten Frisuren! Kein Wunder, dass Ludwig sie mit ihren kurzen Haaren so seltsam fand.

»Haarlocken«, sagt Leo in diesem Moment. »Es gibt doch tatsächlich noch Haarlocken, die man Ludwig abgeschnitten hat, als er schon tot war. Nee so was.«

»Wo?«

»Hier in dem Bilderrahmen.«

Kathrin schüttelt den Kopf. »Komisches Andenken.«

»Naja, Fotos gab's ja noch nicht, vielleicht deshalb.«

Kathrin zuckt mit den Achseln. »Und hast du was zu unserem Rätsel gefunden?«

»Ich hab Ludwigs Bratsche gesehen. Und da stand, dass er vierzehn war, als er anfing, damit in der Hofkapelle zu spielen.«

»Vierzehn also. In dem Alter wurde er auch bezahlter Hoforganist. Aber vertretungsweise hat er schon mit elf als Hoforganist gearbeitet. Was meint wohl Meister Goldmann mit seinem Spruch?«

»Schwierig zu sagen.«

»Das konnte einen großen Unterschied machen! Wenn wir nun das falsche Alter für den Code nehmen?«

Unglücklich schauen Leo und Kathrin sich an. Noch einmal lesen sie:

Die Hofkapelle in seiner Stadt
keinen jüngeren Musicus hat.
Vier Saiten tönen voll und tief,
wie alt war er, als man ihn rief?
1

»Ich schreib einfach mal beide Zahlen auf, elf und vierzehn, dann können wir in Ruhe darüber nachdenken«, schlägt Kathrin schließlich vor. »Welche Ziffer davon brauchen wir?«

»Die erste.«

Kathrin fängt an zu lachen.

»Also ist das ja gar kein Problem. Die erste Ziffer ist auf jeden Fall die Eins.«

»Glück gehabt«, sagt Leo erleichtert. »Und jetzt?«

»Nach Hause«, bestimmt Kathrin. »Mittagessen und das nächste Rätsel lösen!«

Nun haben die beiden es wieder sehr eilig. Während Leo die Fahrräder aufschließt, schaut Kathrin sich um, in welcher Richtung sie am schnellsten aus der Innenstadt herauskommen. Hm. Richtung Bertha-von-Suttner-Platz ist es ziemlich dicht, da ist wohl gerade eine Straßenbahn angekommen.

Richtung Markt sieht es besser aus. Da sind nur ein paar Jugendliche unterwegs, eine junge Frau mit einem Kinderwagen und eine alte Frau mit einem Stock. Sie kommt Kathrin irgendwie bekannt vor, aber ihr Magen knurrt jetzt so laut, dass sie nicht weiter darüber nachdenkt.

Ein Garten voll seltsamer Pflanzen

Wie schwer ist das Auge des Tigers
beim Garten voll seltsamer Pflanzen,
wo heute die Herren und Damen
der Hauptstadt so gerne noch tanzen?

»Tschum, tschum, tschum – the eye of the tiger«, singt Leo eines von Tinas Lieblingsliedern.

»Für Tiger gehen wir am besten ins Museum König«, schlägt Kathrin vor.

»Tschum, tschum, tschum, ta-daaa!«, singt Leo.

»Andererseits kann ich mir nicht wirklich vorstellen, dass sie dort die einzelnen Augen der Tiere gewogen haben.«

»Wir können ja mal im Internet schauen, wie schwer ein Auge von einem Tiger ist«, sagt Leo, der Techniker.

»Und welcher Tiger ist gemeint? Sibirischer Tiger, Bengalischer Tiger, Sumatra-Tiger? Die sind doch alle verschieden groß und schwer. Da sind die Augen bestimmt auch verschieden groß und schwer.«

»Oh, da kennt sich jemand genau aus!«

»Ich mag Tiger eben«, sagt Kathrin.

»Aber beim Museum König ist kein Garten«, erklärt Leo. »Und tanzen kann man da auch nicht.«

»Tanzen kann man, wo man will«, behauptet Kathrin. »Wenn du's so genau nimmst, passt der ganze Spruch sowieso nicht, weil Bonn gar keine Hauptstadt mehr ist.«

»Immerhin gibt es hier einen Garten voll seltsamer Pflanzen – den Botanischen Garten.«

»Seltsame Pflanzen? Ich finde die ganz normal.«

»Na, du musst das mal mit den Augen des Jahres 1782 sehen! Zu der Zeit gab es solche exotischen Bäume und Blumen bestimmt nicht in jedem Garten.«

»Oder mit dem Auge des Tigers?« Kathrin grinst. »Gut, dann lass uns mal in den Botanischen Garten gehen. Jetzt, wo endlich wieder die Sonne scheint, ist das sicher ganz gut, und Ludwig kommt an die frische Luft.«

»Du klingst wie Mama!«

Zum Botanischen Garten können sie zu Fuß gehen. Kathrin steckt schnell noch eine Tüte Gummibärchen ein – für unterwegs.

»Schade, dass jetzt Winter ist«, sagt sie zu Ludwig. »Du müsstest das sehen, wenn der Rhododendron blüht oder die ganzen Rosen rund ums Lyrabecken!«

»Und früher gab's Schildkröten im Weiher, die sonnten sich im Sommer auf den Baumstämmen im Wasser!«, ergänzt Leo.

Aber Ludwig findet den Botanischen Garten auch so schön, vor allem, weil er jetzt hier einfach so herumlaufen kann. In seiner Zeit ist dieser Garten der abgeschlossene Schlosspark des Kurfürsten Max Friedrich.

»Also, um auf einer Bank zu sitzen, find ich es aber zu kalt.« Kathrin zeigt auf eine Bank, auf der eine ältere Frau mit einem Stock und ein junger Mann sitzen. Sie unterhalten sich eifrig.

»Das ist doch die, die du im Rheinischen Landesmuseum umgerannt hast, oder?«, fragt Kathrin.

»Kann sein. So genau hab ich die nicht angeguckt«, antwortet Leo.

»Doch, das ist die, bestimmt! Ich erkenne ihre große Handwtasche! Ich glaube, ich hab sie heute Mittag auch in der Stadt gesehen. Als wir aus dem Beethovenhaus kamen.«

»Beethovenhaus?«, fragt Ludwig.

»Sollen wir ins Gewächshaus gehen?«, fragt Leo schnell. »Da ist es warm.«

Tatsächlich schlägt ihnen im Farnhaus feuchtwarme Luft entgegen. Palmen, Bananen und Bambus versetzen sie in eine fremde Welt.

Im Victoria-Haus ist es nicht mehr ganz so feucht. Die Kinder spazieren um das große Wasserbecken, in dem leider um diese Jah-

reszeit keine Riesen-Seerosenblätter zu sehen sind, bewundern die verschiedenen Formen der Pflanzen in den Beeten an den Seiten und an den Wänden und bleiben schließlich im Sukkulentenhaus stehen.

»Das sind aber wirklich seltsame Pflanzen«, sagt Ludwig.

Der ganze Raum ist voller Kakteen und anderer Sukkulenten, Pflanzen, die in Wüsten und Halbwüsten zu Hause sind und Wasser gut speichern können. Es gibt sie in allen möglichen Formen, den runden *Schwiegermuttersitz* und den schlanken hohen *Säulenkaktus*, die *Königin der Nacht* und *Lebende Steine*.

Als sie schließlich aufgewärmt aus dem Gewächshaus wieder in den winterlichen Garten kommen, bleibt Ludwig plötzlich stehen und starrt auf das Poppelsdorfer Schloss.

»Da!«, ruft er, als hätte er eine Erleuchtung.

»Da ist ein Teil der Universität drin«, erklärt Leo verständnislos.

Ludwig schüttelt den Kopf.

»Das ist das kurfürstliche Schloss Clemensruhe. Und da gibt der Kurfürst Feste und Bälle. Außerdem ist Bonn die Hauptstadt des Kurfürstentums.«

»Wo heute die Herren und Damen der Hauptstadt so gerne noch tanzen?«, zitiert Kathrin.

Botanischer Garten und Poppelsdorfer Schloss – also, das passt.

»Müssen wir jetzt in die Uni oder gibt's hier ein Museum?«, fragt Leo.

»Ich bin nicht sicher, lass uns mal drum herum gehen.«

Sie verlassen den Botanischen Garten und spazieren am Zaun entlang, dann nach rechts auf die Wiese vor dem Poppelsdorfer Schloss, wo sie im Sommer schon oft gepicknickt haben. Hier gibt es einen Eingang in einen runden Innenhof und ein Schild mit der Aufschrift *Mineralogisches Museum*.

Auf der Spur des Tigers

Mineralien sind natürlich Steine, keine Tiere«, meint Leo. Dennoch gehen sie rechts den Säulengang entlang und hinein ins Museum.

Kristalle, Edelsteine und Gold erwarten sie, viele Vitrinen voll. Das ist toll, aber leider kommen sie so nicht weiter!

»Ich glaube, wir müssen doch ins Museum König«, sagt Leo schließlich. »Dorthin passt auch noch ein anderer Spruch mit Tieren:

Seltsame Tiere in heißem Land,
mit Hörnern, Flecken und Streifen.
Doch eins war so schnell, es raste vorbei,
man konnte es kaum begreifen.«

»Ja, das klingt nach Museum König«, stimmt Kathrin zu. »Hat das nicht heute sowieso lange auf? Mittwochs?«

»Ist das auch ein Edelstein?«, fragt Ludwig dazwischen und zeigt auf eine Scheibe von etwa zwei Metern Länge.

Kathrin nickt. »Ein Tigerauge.«

»Und suchen wir nicht ein Tigerauge?«, fragt Ludwig.

Leo fasst sich an die Stirn. »Natürlich!«, ruft er, »Auge des Tigers – Tigerauge! Der meinte gar kein echtes Tigerauge, sondern den Stein! Also, wie schwer ist dieses Ding hier?«

»150 Kilo«, liest Kathrin.

»150 – davon brauchen wir die zweite Ziffer, das ist die 5! Geschafft! Los, nach Hause!«

Schwungvoll läuft Leo aus der Tür und rennt fast wieder jemanden um. »'tschuldigung«, ruft er und eilt weiter, bis er vor dem Schloss steht, wo er die Poppelsdorfer Allee entlang bis zum alten Stadtschloss schauen kann, das heute das Hauptgebäude der Universität ist.

»Hör mal«, keucht Kathrin, als sie ihren Bruder eingeholt hat, »war das gerade nicht die Frau von der Bank im Botanischen Garten?«

»Mist, ich habe gar nicht genau hingeguckt.«

»Wo die wohl wieder so schnell hin wollte?«, fragt Kathrin, »also ich finde die schon sehr verdächtig. Meinst du, das könnte die Diebin sein?«

Leo schaut seine Schwester an und legt den Kopf schief.

»Dann hat man den Kanal nie gebaut?«, fragt Ludwig.

»Welchen Kanal?«

»Es soll doch ein Kanal gebaut werden, an der Poppelsdorfer Allee entlang von einem Schloss zum anderen, damit der Kurfürst und seine Gäste mit der Gondel fahren können. Aber ich glaube, das ist zu teuer.«

»Sieht so aus«, sagt Leo. »Dafür gibt es heute dort Wege zum Fahrradfahren und viele Kastanienbäume, um im Herbst Kastanien zu sammeln, und Bänke zum Ausruhen, und …«

Doch Kathrin und Ludwig sind schon weiter gegangen. Leo trabt hinterher.

»Tschum, tschum, tschum – the eye of the tiger«, singt er.

Verdächtige Personen

Es ist nicht allzu schwer, Tina zu einem Abendspaziergang zu überreden. Zuerst gehen sie hinunter zum Rhein und schauen ein Weilchen dem schnell fließenden Wasser nach. Als ihnen kalt wird, machen sie sich auf den Weg ins Museum König.

»Das wird dir gefallen«, sagt Kathrin. »Die haben dort richtige kleine Landschaften aufgebaut, da siehst du die Tiere, wie sie zusammenleben. Ich mag am liebsten die Savanne in Afrika.«

»Ich finde die Polargebiete besser«, erklärt Leo. »Vor allem das Wal-Skelett.«

Ludwig nickt stumm. Er kann sich weder unter Savanne noch unter Polargebiet etwas vorstellen. Aber er ist sehr gespannt auf die fremdartigen Tiere, die Leo und Kathrin ihm versprochen haben.

»Ist das ein Dinosaurier-Skelett?«, fragt er, als er das große Skelett in der Eingangshalle sieht.

»Woher kennst du Dinosaurier?«, fragt Leo überrascht.

»Na, Dinosaurier kennt doch jedes Kind, oder?«, fragt Tina.

Ups! Klar, Tante Tina weiß ja nicht, wer Ludwig ist, und dass man in seiner Zeit noch keine versteinerten Dinosaurierknochen entdeckt hatte.

»Ich hab heute Morgen ein Buch von Leo angeschaut«, erklärt Ludwig. »Und da …«

»Das ist ein Elefanten-Skelett«, unterbricht Kathrin, damit Ludwig sich nicht verplappern kann.

»Macht es euch was aus, wenn ich hoch in die Sonderausstellung gehe?«, fragt Tina. »Im Erdgeschoss war ich schon so oft.«

»Kein Problem«, sagt Leo großzügig. »Wir können uns ja nachher wieder beim Elefanten-Skelett treffen.«

Ludwig hält die Luft an, als sie den Lichthof betreten. Tatsächlich – hier steht ein kleines Stück afrikanischer Savanne mit all ihren Tieren und Pflanzen. Langsam geht Ludwig umher und schaut sich die fremdartigen Lebewesen an. Manche sehen richtig gefährlich aus, und er ist froh, dass sie ausgestopft und nicht lebendig sind.

Neugierig betritt er den tropischen Regenwald im nächsten Raum. Auch hier sind seltsame Tiere zu bewundern. Und wo geht es dort hin?

Durch einen Kältetunnel kommt er in den Raum, der das Leben in den Polargebieten zeigt. Das da muss das Wal-Skelett sein, das Leo so gut gefällt. Aber wo ist Leo? Und Kathrin?

Einen Moment gerät Ludwig in Panik. Er ist ganz alleine, seine Freunde müssen irgendwo zurückgeblieben sein. Oder sind sie ohne ihn weitergegangen?

Hier sind ziemlich viele Menschen, nur Leo und Kathrin sind nirgends zu sehen. Ein junger Mann in Jeans und einer weiten, braunen Jacke kommt Ludwig bekannt vor. Er steht bei den Pinguinen, zusammen mit einem sehr vornehm gekleideten Paar, scheint aber nicht dazuzugehören. Der Mann trägt einen schwarzen Anzug, die Frau einen hellgrauen Pelzmantel. Der junge Mann tritt noch ein kleines Schrittchen näher an die Frau heran und schaut sich um. Sein Blick fällt auf Ludwig. Der starrt ihn an und runzelt die Stirn. Er versucht sich zu erinnern, woher er den Mann kennen könnte. Oder sieht er einfach jemandem ähnlich, der ihm aus seiner Zeit vertraut ist? Vielleicht ein Urururur-nochwas-Urenkel?

Der Mann dreht sich plötzlich um und verlässt den Ausstellungsraum. Ludwig will ihm gerade folgen, als er hinter sich Kathrins Stimme hört.

»Komm, wir haben die Lösung«, ruft sie und winkt.

»Welche Lösung?«, fragt Ludwig, als er wieder neben ihr steht.

»Na, die Lösung des Rätsels! Das schnelle Tier!«

Ein Weilchen hat Ludwig tatsächlich vergessen, warum sie hier sind. »Hast du den Mann da eben gesehen?«, fragt er.

Kathrin schüttelt den Kopf.

»Ich habe nur das schnelle Tier gesehen. Das muss der Gepard sein – der kann bis zu 110 Kilometer in der Stunde rennen!«

Ludwig weiß zwar nicht, wie weit ein Kilometer ist, aber es klingt nach einer ziemlich langen Strecke. Sicher mehr als ein Zoll oder ein Fuß, vielleicht so etwas wie eine Meile?

»Wie war der Spruch noch mal?«, fragt er.

»Seltsame Tiere in heißem Land,
mit Hörnern, Flecken und Streifen.
Doch eins war so schnell, es raste vorbei,
man konnte es kaum begreifen«,

zitiert Kathrin.

Ludwig nickt. Die seltsamen Tiere aus Afrika mit Hörnern, Flecken und Streifen hat er gesehen. Und wenn seine Freunde meinen, dass das rasende Tier der Gepard ist, dann werden sie wohl recht haben.

»Die erste Ziffer ist die Eins – schade, dass wir hier nicht mehr Zahlen für den Code finden.«

»Mhm«, stimmt Ludwig zu und folgt den beiden zurück in die Halle. Dort wartet Tina schon.

»Gut, dass ihr kommt, es ist spät«, sagt sie.

»Und die Dinosaurier?«, Ludwig wäre gern noch geblieben.

»Die gibt's hier sowieso nicht«, erklärt Leo. »Aber ich kann dir daheim noch ein bisschen was von ihnen erzählen.«

»Habt ihr die Frau gesehen?«, fragt Kathrin, als sie das Museum verlassen.

»Welche Frau?«, fragt Leo.

»Die mit dem Stock!«, sagt Kathrin. »Ich kriege langsam das Gefühl, die verfolgt uns!«

»Jetzt weiß ich, wer das war!«, ruft Ludwig plötzlich. »Der Mann im Museum, der mit der braunen Jacke, das war derjenige, der mit der Frau auf der Bank im Botanischen Garten saß!«

Kathrin und Leo schauen sich um. Doch auf der Straße ist niemand zu sehen, der einen Stock oder eine weite, braune Jacke trägt.

Mehr Museen

Leo und Ludwig haben sich am Abend lange ausgemalt, wie die Welt aussah, als die Dinosaurier lebten, so ist es nicht verwunderlich, dass sie am Morgen beim Frühstück ziemlich müde aussehen.

»Das ist ja nicht zu glauben!«, sagt Tina hinter ihrer Zeitung. »Die Diebe sind immer noch unterwegs. Hier steht, dass diese Bande von Taschendieben in weiteren Museen Leute bestohlen hat. Und stellt euch vor, im Museum König waren die ebenfalls!«

»Und wo sonst?«, fragt Leo.

»Im Beethovenhaus und im Mineralogischen Museum.«

Kathrin und Leo schauen sich an.

»Ich verstehe aber auch nicht, warum die Leute ihr Geld in der Mantel- oder Hosentasche tragen. Und auf die Handtasche passt man doch auf!« Tina schüttelt den Kopf.

»Na, vielleicht, wenn die Leute sich die Sachen im Museum so ganz genau anschauen?«, überlegt Kathrin. »Dann achten sie nicht so auf die anderen Besucher.«

»Das ist möglich«, stimmt ihr Tina zu. »Ich könnte ja auch niemanden beschreiben, der gestern mit mir in der Ausstellung war.«

»Aber wohl die alte Frau mit dem Stock und diesen Mann«, sagt Ludwig, »die kann ich beschreiben.«

Kathrin nickt.

»Ja! Und ist es nicht seltsam, dass wir sie schon in ein paar Museen gesehen haben? Finde ich echt verdächtig.«

»Die arbeiten sicher zusammen, dann können sie sich die Beute zustecken und werden nicht so leicht gefasst«, vermutet Leo.

»Na, denkt euch jetzt keine Krimis aus – Zeit für die Schule«, sagt Tina. »Da könnte man ja auch gleich den Verdacht haben, ihr geht dauernd ins Museum, um was anzustellen, oder? Ihr seid irgendwie verdächtig, wenn ihr überall wart, wo was geklaut wurde.«

»Aber wir wissen, dass wir nicht die Diebe sind«, erklärt Kathrin. »Das ist ein großer Unterschied!«

»Also, dann schaut mal, dass ihr in der Schule was lernt, damit ihr bald noch mehr wisst. Ich verstehe ja sowieso nicht, warum ihr morgen schon wieder frei habt«, sagt Tina und schiebt die belegten Brötchen für die Pause über den Tisch.

»Ganz einfach – morgen ist *Frei*tag!«, sagt Leo.

»Und die Lehrer haben eine Fortbildung, die sollen ruhig auch mal was lernen!«, fügt Kathrin hinzu.

Beim gemeinsamen Mittagessen ist Tina bester Laune. »Euer Freund Ludwig spielt wirklich toll Klavier«, lobt sie. »Mit seiner Musik im Hintergrund konnte ich richtig gut arbeiten und bin viel weiter gekommen, als ich gedacht hatte. Wenn ihr wollt, hab ich heute Nachmittag Zeit. Sollen wir in den Kölner Zoo fahren?«

»Eigentlich wollten wir Ludwig die Fossilien zeigen. Im Goldfuß-Museum«, erklärt Leo. »Er mag doch Dinosaurier so gerne.«

»Schon wieder ein Museum?«, fragt Tina überrascht.

»Da können wir auch alleine hingehen«, bietet Kathrin an.

»Ja, wir waren erst vor zwei Wochen oder so mit Papa da. Der Dinoparcours ist sowieso nur für Kinder«, behauptet Leo. »Aber wenn du Lust hast, kannst du mit uns später noch ins Stadtmuseum gehen.«

»Ich glaub's nicht! Habt ihr dann alle Museen durch?«

Kathrin legt den Kopf schief und überlegt.

»Nein, Tina, da fehlen noch das Macke-Haus, das Arithmeum, das Deutsche Museum …«

»Das Ägyptische Museum, das Ernst-Moritz-Arndt-Haus …«, ergänzt Leo.

»Ja, ja«, sagt Tina. »Und das Akademische Kunstmuseum am Hofgarten. Und wahrscheinlich haben wir noch das eine oder andere ausgelassen. Aber warum? Gibt es einen Preis für die fleißigsten Museumsbesucher oder …« Sie schaut von Leo zu Kathrin, von Kathrin zu Ludwig und wieder zurück zu Leo.

»Ihr wollt doch nicht etwa Detektiv spielen und auf die Jagd nach den Museums-Taschendieben gehen?« Sie runzelt die Stirn. »So was kann gefährlich werden!«

»Aber nein«, versucht Kathrin ihre Tante zu beruhigen. »Es ist nur wegen Ludwig. Er soll einen Aufsatz über Bonn und die Museen schreiben, wenn er wieder in Wien im Internat ist. Da wollen wir ihm helfen. Und es ist ja auch wirklich interessant.«

»Ja«, stimmt Leo zu und nickt kräftig.

»Ja«, sagt auch Ludwig, obwohl er ganz bestimmt keinen Aufsatz über die Museen schreiben wird, wenn er wieder zu Hause und in seiner Zeit ist!

Wenn. Hoffentlich finden sie die fehlenden Zahlen des Geheimcodes! Und hoffentlich finden sie sie bald. Morgen um Mitternacht muss er die Zeitmaschine in Gang setzen. Einen Moment durchzuckt ihn ganz stark die Sehnsucht nach seiner Mutter. Sie war ein bisschen kränklich, als er den Brief zu Herrn Goldmann brachte. Hoffentlich geht es ihr inzwischen besser.

Und noch etwas Schreckliches fällt ihm plötzlich ein – was ist, wenn einer von Goldmanns Sprüchen sich auf ein Ereignis bezieht, das erst nach dem heutigen Tag stattfinden wird? Ludwig schluckt. Daran haben Leo und Kathrin gar nicht gedacht! Und er sollte lieber auch nicht weiter daran denken, sonst kommen ihm die Tränen.

»Okay«, sagt Tina, »dann machen wir das so. Ihr geht ins Goldfuß-Museum und klingelt mich einfach an, wenn ihr fertig seid. Danach schau ich mal, wieviel Zeit ich habe, und vielleicht komme ich mit ins Stadtmuseum. Eure Handys habt ihr?«

Kathrin und Leo nicken.

Die Kinder machen sich auf den Weg, vorbei am Botanischen Garten und in die Nussallee, wo jede Menge Universitätsgebäude stehen. Dort, in der Nussallee 8, in einem roten Backsteingebäude im Hof, finden sie das Museum, das sie suchen. Hier warten auf sie allerlei versteinerte Tiere und Pflanzen und natürlich Dinosaurier!

Schwierige Namen

Gewaltig ist das Ungeheuer,
wie groß mag es wohl sein?
Die Flossen breit, der Hals so lang,
der Kopf dagegen klein?

»Los!«, sagt Kathrin. »Das kann nur ein Dino sein, und zwar einer aus dem Wasser.«

»Klar, Flossen!«, stimmt Leo zu. »Also nicht der T-Rex.«

Er deutet auf Ludwig, der sich mit offenem Mund umschaut.

»In dem Königsmuseum waren bereits so seltsame Tiere«, murmelt er. »Aber das hier … Wie alt müssen die wohl sein, wenn sie zu Stein geworden sind?«

»Sehr, sehr alt«, sagt Leo. »190 Millionen Jahre oder so.«

»Vor denen hatte der Neandertaler gewiss Angst«, meint Ludwig.

»Nee, vor denen brauchte der keine Angst mehr zu haben.« Kathrin zieht wissend die Stirn in Falten. »Die waren schon lange ausgestorben, als der Neandertaler lebte.«

Überall in der Ausstellung sehen die Kinder versteinerte Pflanzen, versteinerte Meerestiere, versteinerte Skelette.

In Schaukästen, in Glasschränken, an der Decke hängend.

Ludwig ist beeindruckt von den Zähnen des Tyrannosaurus Rex. Was muss das für ein riesiges, gefährliches Tier gewesen sein!

Bum, bum, bumbum. Leise summt er eine Melodie. Seine rechte Hand schlägt den Takt auf dem Oberschenkel – bum bum bumbum dimdiri.

Kathrin lächelt. Ob so wohl Ludwigs Kompositionen entstehen? Eine Dinosaurier-Sinfonie wäre doch wirklich mal was Neues!

»Da – an den hab ich gedacht.« Leo bleibt stehen und zeigt auf den Schlangenhals-Saurier.

Kathrin nickt.

»*Ple-sio-saurus brachyp-tery-gi-us*«, liest sie Stück für Stück das lateinische Wort. »Vier Meter lang! Na, da haben wir es ja schon! Das ging schnell. Also eine Vier für den Code.«

Sie notiert die Vier mit einem kleinen Bleistift auf der Rätselkarte und steckt dann alles wieder in ihre Jackentasche.

»Wie heißt der?« Ludwig schüttelt den Kopf.

»Plesiosaurus brachypterygius«, wiederholt Kathrin nun fachmännisch und ohne zu stocken.

»Klingt wie eine Krankheit«, sagt Ludwig. »Wie eine unaussprechliche Krankheit.«

»Sag einfach Schlangenhals-Saurier«, meint Leo.

Ludwig nickt zufrieden.

»Und jetzt?« Kathrin denkt schon an die weiteren Rätsel. »Tina anfunken und dann ins nächste Museum?«

»Klar«, Leo fischt nach seinem Handy. »In zehn Minuten kann sie hier sein. Und uns fehlen nur noch die Lösungen für zwei Rätselgedichte. Läuft doch bestens!«

Kathrin nickt.

»Hallo, Tante Tina? Wir sind so weit. Holst du uns ab? … Ach so, ja, kein Problem. Bis später dann.« Leo schaltet das Handy aus und steckt es wieder ein.

»Tina fragt, ob wir alleine zurechtkommen – sie ist noch nicht fertig.«

»Kein Problem, so weit ist es ja nicht und leicht zu finden außerdem. Erst die Pop-Allee und dann an der Uni entlang. Wir können ja schon mal überlegen, wonach wir überhaupt suchen.«

»Das mit dem Stern find ich schwierig, da hab ich noch keine Idee, aber das andere hat sicher was mit der Bonner Geschichte zu tun«, sagt Leo schließlich. »Denn Max Franz war kein Maler, sonst hätten wir ihn im Kunstmuseum gefunden. Also muss er ein König oder so gewesen sein. Auch wegen der Salutschüsse.«

»Koadjutor«, sagt Ludwig plötzlich. »Nicht Max Franz Maximilian Franz. Der Koadjutor heißt Maximilian Franz Xaver Joseph

Johann Anton de Paula Wenzel von Österreich. Und er wird mal Maximilian II. Franz, wenn Kurfürst Max Friedrich stirbt. Dann wird er nämlich Erzbischof von Köln und unser Kurfürst. Jetzt ist er Koadjutor, also sozusagen sein Gehilfe.«

»Boah! Und du wunderst dich über den Namen Plesiosaurus brachypterygius!«

Leo bleibt stehen und zieht die Karte aus seiner Tasche.

»Okay, Kathrin, lass uns noch mal lesen:

Die Fahnen fliegen, es donnert Salut,
der neue Herr ist gekommen.
Wann hat Max Franz den Jubelschrei
im Land am Rhein vernommen?

Da können wir ja ein Museum sparen, wenn Ludwig das weiß. Also wann ist Max Franz mit dem langen Namen aus Österreich gekommen?«

Ludwig hebt die Achseln.

»So vor ein, zwei, drei Jahren? Ich weiß es nicht mehr genau. Es war nach meinem ersten Konzert in Köln.«

Kathrin schüttelt den Kopf. »Wir müssen das ganz genau wissen. 1779, 1780 oder 1781. Wir brauchen leider nicht die ersten beiden, sondern die dritte und die vierte Zahl. Und die sind jedes Mal anders.«

»Also doch ins Museum.« Leo seufzt ein bisschen. »Aber wie Kathrin schon gesagt hat – es ist ja auch wirklich interessant.«

Schicksalsstunden

Das Stadtmuseum liegt in der Innenstadt, gleich bei der Universität. Oder beim Schloss, je nachdem, wie man das große, gelb gestrichene Gebäude nennen mag, an dem sie nun entlanggehen.

»Das Schloss gibt's aber in deiner Zeit schon?«, fragt Kathrin.

Ludwig bleibt stehen, schaut das Schloss an und zuckt mit den Achseln. »Ja und nein«, sagt er. »Natürlich gibt es das Schloss, aber es sieht jetzt völlig anders aus. Der Brand hat es ziemlich stark zerstört.«

»Der Brand?«

Ludwig nickt.

»Das Schloss ist abgebrannt, da war ich sechs Jahre alt. In der Nacht wachte die ganze Stadt von einem Riesenknall auf, weil die Pulverkammer in die Luft flog. Dann hat alles so sehr gebrannt, dass man es gar nicht löschen konnte.«

»Wie schrecklich!«

Kathrin kann sich nicht vorstellen, wie es damals gewesen sein muss, so ohne moderne Feuerwehr mit Löschfahrzeugen. Haben die Leute da wirklich nur mit Eimern voll Wasser gegen das Feuer gekämpft?

»Morgens brannte dazu noch die Schlosskapelle, da flogen überall Funken, und immer wieder fingen Häuser oder die Minoritenkirche an zu brennen. Wir hatten alle Angst, dass die ganze Stadt abbrennt. Mutter hat ein Bündel mit den wichtigsten Sachen gepackt, und wir saßen auf der Treppe, um gleich fliehen zu können.«

Ludwigs Stimme zittert, es muss eine schlimme Erinnerung für ihn sein.

»Fünf Tage und Nächte hat es gebrannt, und fünfzehn Leute sind gestorben«, sagt er schließlich. »Ich bin froh, dass wir jetzt in der Rheingasse wohnen.«

»Aber gibt es da nicht immer wieder Hochwasser? Das gibt es doch sogar noch heute.«

Ludwig lächelt. »Hochwasser ist nicht so schlimm. Da hat man wenigstens ausreichend Wasser zum Feuerlöschen!«

Kathrin erwidert sein Lächeln.

»Hey, kommt jetzt endlich«, ruft Leo, der schon am Eingang des Museums steht.

Es ist recht voll; eine ausländische Besuchergruppe schiebt sich in die Räume im zweiten Stock, wo der Rundgang beginnen soll. Eine Museumsführerin erklärt allerlei in einer melodischen fremden Sprache.

»Italienisch«, sagt Ludwig.

»Echt? Woher weißt du das?«, fragt Leo.

»Die Sprache der Musik«, schwärmt Ludwig und lächelt. »Forte heißt laut, piano heißt leise und presto schnell. Einige andere Wörter habe ich ebenfalls erkannt, obwohl die Frau dort ziemlich forte und presto spricht.«

Kathrin grinst und nickt.

»Fangen wir am anderen Ende an«, schlägt Leo vor. »Da, Raum 6 – vom ausgehenden 18. bis zum 19. Jahrhundert. Siebzehnhundert und irgendwas, das ist das 18. Jahrhundert, das passt.«

Und da hängt auch schon ein Porträt des Kurfürsten Maximilian Franz. Allerdings wird nirgendwo verraten, wann er ins Rheinland gekommen ist, sondern nur, dass er 1784 Kurfürst wurde.

Leo und Kathrin schauen sich alle Bilder genau an, während Ludwig langsam weitergeht.

»Der gehört doch dem Nikolaus Simrock!«, ruft Ludwig plötzlich und starrt auf einen hohen Schreibsekretär aus gemasertem Holz. Tatsächlich zeigt ein Schildchen diesen Namen.

»Und wer ist Nikolaus Simrock?«, fragt Kathrin.

»Ähm, ja, er ist … äh, war Musiker in der kurfürstlichen Kapelle. Waldhornbläser.«

»Ach so.«

Auch Leo steht nun bei ihnen. Er grinst.

»Hast du schon mal von dem berühmten Bonner Komponisten Ludwig van Beethoven gehört? Komm mal mit in Raum 8, da gibt es ein Klebebild von der Einweihung des Beethovendenkmals. Das war das erste Beethovenfest damals, 1845. Muss eine große Feier gewesen sein mit dem preußischen König und Königin Victoria von England.«

Ludwig nickt und folgt Leo in Raum 8. Vor dem Bild bleiben die Kinder stehen und betrachten es schweigend. Der Mann auf dem Sockel schaut ziemlich mürrisch auf die Festgesellschaft herunter. Mhm, sollte er nicht eigentlich froh sein, dass er ein Denkmal sein darf? Sonst werden doch nur Könige und Heerführer als Denkmal aufgestellt und keinesfalls ein bürgerlicher Musikus namens Ludwig van Beethoven.

»Ist das sehr seltsam für dich? Du siehst dich ja da als Erwachsenen«, fragt Kathrin.

Ludwig zuckt mit den Achseln und zwickt sich wieder einmal in die Hand. Die Stelle tut weh und wird rot. Es ist kein Traum.

»So«, sagt Leo. »Wir können jetzt oben weiterschauen, die Touris sind dort fertig.«

Tatsächlich kommt die Reisegruppe nun die Treppe herunter und strömt in die Ausstellungsräume im ersten Stock. Ein bisschen eng ist es, und Ludwig zuckt zusammen, als ein Ellbogen ihn in die Rippen rammt.

War das die schwarzhaarige Frau mit dem Schirm oder der Mann in der braunen Jacke, der immer zwei Stufen auf einmal nimmt? Moment mal – der Mann in der braunen Jacke, das ist doch derselbe ... Einen Moment zögert Ludwig. Soll er dem Mann nachlaufen? Aber wenn der raus auf die Straße rennt – Ludwig kennt sich im modernen Bonn zu wenig aus, um jemanden zu verfolgen und den Rückweg zu finden. Er darf Leo und Kathrin nicht verlieren, die schon am oberen Ende der Treppe sind. Und vielleicht hat er sich ja doch geirrt.

»Die Römerzeit können wir uns schenken«, bestimmt Leo und betritt Raum 3.

Auch hier gibt es wieder jede Menge Gemälde. Dieses Mal sind aber keine Menschen drauf, sondern hauptsächlich Landschaften mit Bonn und dem Rhein.

Ein großes Bild an der Längsseite fällt besonders auf.

»Da kommt jemand mit dem Schiff an!«, sagt Kathrin und läuft darauf zu, ohne nach links oder rechts zu schauen.

Hoppla, ein Stock. Den hat sie gar nicht gesehen. Da hat sie aber Glück gehabt, dass sie nur gestolpert und nicht gestürzt ist.

»Entschuldigung«, sagt sie und schaut die Frau an, der der Stock gehört.

Die jedoch dreht sich schnell um und humpelt davon. Sie sieht aus wie die Frau, die ihnen schon ein paar Mal begegnet ist. Ihre große Tasche hat sie dieses Mal allerdings nicht dabei. Musste sie die an der Garderobe abgeben?

Ob das wirklich die gesuchte Diebin ist? Dann sollte sie sie besser mal genau beobachten. Vielleicht könnte sie ihr ja ein bisschen nachspionieren?

»Kathrin, jetzt komm schon!«, ruft Leo. Er steht vor dem Bild und winkt aufgeregt.

»Das ist es!«, flüstert Ludwig. »François Rousseau: Die Ankunft des Koadjutors Maximilian Franz in Andernach. Da kam er aus Wien ins Rheinland. 1780. Wir haben's gefunden!«

»Zahlen drei und vier«, sagt Kathrin triumphierend, »das sind die Acht und die Null. Nun fehlen nur noch zwei.«

»Na, dann haben wir hier ja alles erledigt.« Leo ist zufrieden.

»Vielleicht nicht ganz«, meint Kathrin und sieht sich um. »Ich hab eben die Frau mit dem Stock wiedergetroffen. Sie war in diesem Raum. Habt ihr sie nicht gesehen?«

Leo schüttelt den Kopf.

»Die Frau nicht«, sagt Ludwig langsam. »Aber auf der Treppe habe ich, glaube ich, den jungen Mann gesehen – der mit der braunen Jacke bekleidet war!«

»Die Diebe!«, flüstert Leo und sieht sich um. »Sind sie noch da? Kommt, wir schauen mal überall, vielleicht ertappen wir sie auf frischer Tat!«

Ludwig und Kathrin nicken eifrig und eilen mit Leo die Treppe hinunter.

»Lasst uns gleich zum Ausgang gehen«, schlägt Kathrin vor. »Der Mann rannte sowieso runter, und die alte Frau ging auch Richtung Treppe. Vielleicht waren sie mit ihrem Beutezug hier schon fertig, wenn sie es so eilig hatten.«

»Oder sie haben gemerkt, dass wir sie erkannt haben. Da – da vorne!«

Die alte Frau verlässt gerade das Gebäude. Sie geht jetzt erstaunlich flott und humpelt kein bisschen mehr.

Leo läuft schneller. Vielleicht kann er sie einholen! Geschickt weicht er einem älteren Herrn aus.

Doch als er selbst an der Ausgangstür ankommt, sieht er nur noch, wie die Frau in ein Taxi steigt und davonfährt. Der Mann in der braunen Jacke ist nirgends zu sehen.

Mist! Die Diebe zu fangen, hätte den Tag perfekt gemacht.

Alles umsonst?

Am Abend sind Leo, Kathrin und Ludwig trotzdem richtig gut gelaunt. Kathrin und Ludwig spielen noch ein bisschen vierhändig Klavier, und Leo sitzt auf Kathrins Bett und hört zu. Er hat die blauen Karten mit den Gedichten des Uhrmachers Goldmann vor sich auf dem Boden ausgebreitet. Auf jeder Karte stehen in Kathrins ordentlicher Schrift ein oder zwei Zahlen für den Geheimcode, mit dem die Zeitmaschine Ludwig zurückbringen soll. Nur eine ungelöste Karte ist übrig.

Ein Stern reist ins Weiße,
doch steht er stets still.
Nicht Tiefgang doch Jahrgang
ist, was ich will.
2,3

Gar nicht so einfach. Was für ein Stern? Vielleicht sollten sie zur Sternwarte gehen? Oder einen Astronomen fragen? An der Uni muss es doch Leute geben, die ihnen helfen können. Wie gut, dass sie noch über 24 Stunden Zeit haben und morgen schulfrei ist.

Leo holt sich einen Zettel und einen Bleistift von Kathrins Schreibtisch. Er malt vierzehn Kästchen auf ein Blatt. Okay, welches war der erste Spruch? Die Karteikärtchen geben ja nicht an, welche Reihenfolge richtig ist. Na, der allererste war der mit dem Jahr des Heute und hatte keine Lösung. Und dann kam … also, der Neandertaler war auf jeden Fall irgendwo in der Mitte und ganz am Ende war der mit den Fahnen und Max Franz.

Puh, nach dem vielen Hin- und Herschieben der Karten in den letzten Tagen kann er wirklich nicht mehr sagen, in welcher Reihenfolge die Rätsel in dem kleinen Buch von Herrn Goldmann stehen.

»Wisst ihr noch, welches der erste Spruch war?«, fragt er schließlich, als Kathrin und Ludwig ihr Stück beendet haben.

»Der mit dem Stern, glaube ich«, sagt Kathrin.

Ludwig schüttelt den Kopf. »Oder der mit den Tieren.«

»Beruhigend, dass ich nicht der Einzige bin, der's vergessen hat!«, sagt Leo und steht auf. »Schauen wir mal in dem kleinen Buch nach, ob einer von uns recht hat. Wo ist es?«

»Ich hab es Ludwig zurückgegeben – es ist ja irgendwie sein Buch, und er muss es mitnehmen, wenn er morgen nach Hause reist«, erklärt Kathrin.

Ludwig nickt und steht auf. »Ich hol es schnell.«

Doch es dauert eine ganze Weile, bis Ludwig zurückkommt. Er ist sehr blass, und seine Hände sind leer.

»Das Buch ist weg«, sagt er.

»Weg? Wieso? Wo hast du es denn hingelegt?«, fragt Kathrin. »Vielleicht hat Tina es weggeräumt?«

Ludwig schüttelt den Kopf. »Ich habe schon überall geschaut.«

»Wo hattest du es denn zuletzt?« Leo fragt ganz ruhig, aber sein Herz klopft plötzlich laut. Sie brauchen das Buch doch unbedingt!

»In der Tasche. In der Jacke. Im Museum. Und jetzt ist es weg.«

»Oh nein«, Kathrins Kopf sinkt geräuschvoll vornüber auf die Tastatur, und sie lässt die Arme hängen. Plängplingplang.

»Verloren?«, fragt Leo hoffnungsvoll. »Dann müssen wir morgen früh gleich noch mal hingehen, bis dahin haben die es sicher gefunden.«

Ludwig hebt die Achseln. Die Taschen seiner Jacke sind ziemlich tief und haben sogar einen Druckknopf. Wie soll da etwas rausgefallen sein?

»Oder geklaut«, sagt Kathrin langsam. »Das waren dann also wirklich die Museumsdiebe, die wir verfolgt haben!«

Ludwig nickt.

»Auf der Treppe hat mich jemand angerempelt, das war bestimmt der Mann in der braunen Jacke! Aber was will der mit dem Buch?«, fragt er.

»Vielleicht dachte er, es sei ein Portemonnaie? Ist doch ungefähr gleich groß.«

»Mmh. In meiner Zeit arbeiten Taschendiebe oft zusammen, das machen die möglicherweise auch so?«, überlegt Ludwig.

»Ja«, sagt Leo. »Der Mann klaut die Sachen und gibt sie irgendwie weiter an die alte Frau, die sie in ihrer großen Tasche aus dem Museum rausschmuggelt. Dann ist sie nicht in der Nähe der beklauten Person gewesen und kommt nicht in Verdacht. Und falls man den Mann erwischt, hat er keine Beute bei sich und sieht unschuldig aus. Toller Plan.«

»Gemeiner Plan!«, sagt Kathrin entschieden.

»Und jetzt?«, fragt Ludwig. »Wie sollen wir nun das Buch wiederfinden?«

»Wir müssen es Tina sagen und die Polizei anrufen«, erklärt Kathrin. »Vielleicht wissen die was von unseren Verdächtigen und können sie verhaften.«

»Und wie willst du Tina erklären, dass Ludwig van Beethoven bei uns wohnt?«, fragt Leo.

»Das ist doch Ludwig Goldmann aus … aus … Wien«, erfindet Kathrin. »Und das Buch hat mal seinem Urur-irgendwas-Urgroßvater gehört. Er hat es mit ins Museum genommen, weil er schauen wollte, ob es dort Informationen über den Ur-Goldmann gibt. Und jetzt ist es geklaut worden. Natürlich will er es wiederhaben, bevor er morgen Abend zurück nach Wien fährt.«

»Du solltest Schriftstellerin werden«, meint Leo. »Bei den Geschichten, die du dir immer ausdenkst! Aber was ist mit dem Ausweis? Die Polizei will sicher Ludwigs Ausweis sehen. Und Ludwig spricht doch gar nicht wienerisch.«

Kathrin überlegt.

»Okay, lassen wir Ludwig ganz aus dem Spiel. Das Buch ist dir oder mir geklaut worden. Wir haben es zwischen alten Sachen auf dem Dachboden gefunden und wollten schauen, ob es im Museum Informationen gibt über den Uhrmacher Goldmann aus dem 18. Jahrhundert.«

»Und warum waren wir dann in all den anderen Museen, wo wir die Frau mit dem Stock oder den jungen Mann im braunen Anorak gesehen haben? Wir müssen sicher begründen, warum wir die im Verdacht haben.«

»Na, das Referat für die Schule, du weißt doch – das Bonn-Projekt ...«

Kathrin zwinkert ihm zu.

»Das könnte klappen«, sagt Leo.

Im Polizeipräsidium

Als die Kinder Tina von ihrem Verdacht berichten, ruft sie sofort im Polizeipräsidium an. »Wir können gleich noch hinfahren«, sagt sie, als sie den Hörer aufgelegt hat. »Dann könnt ihr das alles einem Polizeibeamten erzählen. Das hilft denen, wenn sie Bescheid wissen, bevor morgen die Museen wieder öffnen.«

»Also los!« Leo zieht seine Schuhe an.

»Ich komm mit«, Kathrin greift nach ihrer Jacke. »Aber Ludwig kann ruhig hier bleiben.«

Wenige Minuten später fahren sie auf der Südbrücke über den Rhein nach Ramersdorf ins Polizeipräsidium. Der Parkplatz ist ziemlich leer, und auch in der Eingangshalle ist niemand bis auf einen Polizisten, der hinter einer Empfangstheke sitzt.

»Guten Tag. Ich habe vorhin angerufen und mit einer Frau Schäfer gesprochen. Sie erwartet uns.

Der Polizist nickt und greift zum Telefon, um sie bei der Kommissarin anzumelden.

»Einen Moment«, sagt er, »Sie werden gleich abgeholt.«

Leo und Kathrin fällt es schwer, still in der Eingangshalle zu warten. Aber schon nach kurzer Zeit holt sie eine Polizeibeamtin mit einem langen, geflochtenen Zopf ab und führt sie durch die Glastür ins Treppenhaus.

»Maike Schäfer«, stellt sie sich vor und fragt Tina: »Sie sind die Mutter?«

»Die Tante – die Eltern sind verreist, und ich kümmere mich in dieser Zeit um Leo und Kathrin.«

»Also, dann seid ihr Leo und Kathrin. Und ihr habt etwas beobachtet«, sagt Frau Schäfer. »Das könnt ihr mir gleich mal erzählen.«

Ein bisschen schüchtern folgen Leo und Kathrin der Polizistin. Sie hält ihnen die Tür zu einem Büro auf. Drinnen steht ein großer Schreibtisch, auf dem einige Pappmappen liegen – das sind wohl die Akten der Fälle, an denen die Polizei gerade arbeitet. Einen

Computer gibt es auch und ein Telefon. An den Wänden stehen geschlossene Schränke, und die Fensterbank ziert ein Blumentopf mit einer kleinen Palme. Aber besonders gemütlich sieht es hier nicht aus.

Es gibt in diesem Büro außer dem Schreibtischstuhl noch drei Stühle, die Frau Schäfer Tina und den Kindern anbietet.

Das ist ziemlich aufregend, so richtig im Polizeipräsidium als Zeugen zu sitzen. Leo und Kathrin haben direkt ein bisschen Herzklopfen, als die Kommissarin sich ihre persönlichen Angaben aufschreibt: Name, Adresse, Geburtsdatum und so. Dann lächelt sie und bittet Kathrin, ein paar Minuten draußen zu warten, weil die Kinder ihre Geschichte einzeln erzählen sollen. Kathrin nickt verstehend und verlässt das Büro. Tina bleibt in der Ecke des Büros sitzen, um anstelle der Eltern bei dem Gespräch dabei zu sein.

Frau Schäfer nimmt einen Bleistift und macht sich Notizen, während Leo von ihren Museumsbesuchen für ein Schulprojekt berichtet und dass sie immer wieder die gleichen Personen gesehen haben, eine alte Frau mit Stock und einen jungen Mann in einer weiten braunen Jacke.

»Und heute im Stadtmuseum ist ein kleines, schwarzes Lederbuch aus meiner Jackentasche verschwunden«, erklärt Leo. Jetzt ist er richtig aufgeregt. Er muss unbedingt das Büchlein zurück bekommen. »Und mir ist eingefallen, dass mich jemand auf der Treppe angerempelt hat, es war alles ziemlich eng dort auf der Treppe wegen der italienischen Gruppe. Als ich mich umgeschaut hab, stand da einer in einer braunen Jacke, den hab ich allerdings nur von hinten gesehen. Später war dann aber auch noch die alte Frau mit dem Stock in einem Ausstellungsraum. Das kann kein Zufall sein. Das sind bestimmt die Museumsdiebe! Die Frau ist ganz schnell weggegangen und hat gar nicht mehr gehumpelt wie sonst.«

»Kannst du mir das Buch beschreiben, das dir gestohlen wurde? War es wertvoll?«

»Das war so groß wie ein Portemonnaie«, erklärt Leo. »Und in schwarzes Leder gebunden.«

Die Beamtin nickt.

»In der Zeitung stand ja immer, wo was geklaut wurde. Und an fast allen Orten haben wir die beiden auch gesehen«, sagt Leo. »Aber die sahen nicht aus, als ob sie so wie wir auf der Suche nach einem … äh … Schulprojekt waren.«

»Und kannst du die Verdächtigen beschreiben?«, fragt Frau Schäfer.

Leo nickt eifrig. Auf diese Frage hat er gewartet.

»Also, die Frau war, glaub ich, schon ziemlich alt, hatte ganz graues Haar, kurze Locken und eine Brille. Besonders groß war sie nicht«, beschreibt Leo. »Aber sie ging ja auch ein bisschen gebückt mit ihrem Stock. Und sie war so mitteldick und hatte eine dunkelgrüne Mütze auf, auch drinnen, aber so eine kleine, wo die Ohren raus gucken.«

Frau Schäfer notiert die Angaben.

»Noch etwas?«, fragt sie.

Leo schüttelt den Kopf.

»Kathrin hat vielleicht die Schuhe gesehen, die ist ja über den Stock der Frau gestolpert und ihr fast vor die Füße gefallen.«

»Und der Mann? Wie alt war der wohl?«

»Schwierig zu sagen.« Leo überlegt. »So um die zwanzig? Ziemlich groß, längere Haare – also so über die Ohren – dunkelblond, Jeans, und er hatte eine ganz weite braune Jacke an. Da konnte er seine Beute bestimmt gut drin verstecken!«

Kommissarin Schäfer lächelt, als ob ihr dazu etwas einfällt.

»Er hatte auch eine ziemlich große Nase und fast kein Kinn«, fügt Leo hinzu.

Die Kommissarin holt aus einer der Aktenmappen ein Foto. Es ist unscharf, aber Leo nickt sofort.

»Das ist er«, sagt er.

»Sicher?«

»Ganz sicher! Ist das ein Bild von einer Überwachungskamera?«

Die Kommissarin nickt. »Dieser Mann hat an einem Geldautomaten mit einer gestohlenen Kreditkarte Geld abgehoben.«

»Können Sie ihn jetzt verhaften? Und ich bekomme mein Buch wieder?«

»Wir werden sehen«, sagt die Kommissarin. »Deine Aussage hilft uns auf jeden Fall schon viel weiter. Vielleicht weiß deine Schwester ja noch mehr.«

Nun wartet Leo vor der Tür, und Kathrin erzählt, was sie in den letzten Tagen beobachtet hat. Natürlich ist es genau dasselbe wie bei Leo, aber eine Kleinigkeit kann sie tatsächlich ergänzen.

»Die Schuhe hab ich ziemlich gut gesehen, als ich im Stadtmuseum über ihren Stock gestolpert bin. Das waren so schwarze Stiefeletten zum Schnüren mit Fellfutter. Und die Absätze waren schief. Aber ich weiß nicht, ob die Frau wirklich so alt war, wie sie aussah. Sie hatte unter der Strumpfhose ganz glatte Haut an den Beinen. Und sie hat auch gar nicht immer gehumpelt.«

Kommissarin Schäfer fügt diese Beschreibung zu ihren Notizen hinzu.

»Im Botanischen Garten hatte sie einen dunkelgrauen Mantel an.« Außerdem erzählt Kathrin noch von der großen Handtasche der Frau, die sie meistens dabei gehabt hat und in der sie vielleicht die Beute wegtragen konnte.

»Und da war bestimmt auch Lu… Leos Buch drin!«

»Dann schau doch mal bitte hier«, sagt Kommissarin Schäfer.

Als Kathrin das Foto der Überwachungskamera sieht, erkennt auch sie den Mann, den sie verdächtigt haben, sofort wieder.

Zum Abschied gibt Kommissarin Schäfer Leo, Kathrin und natürlich auch Tina die Hand.

»Vielen Dank, ihr zwei. Ihr seid aufmerksame Beobachter. Und es ist genau richtig, dass ihr die Polizei eingeschaltet habt. Wenn diese beiden Personen im nächsten Museum auftauchen, werden sie uns einiges zu erklären haben. Ich melde mich bei euch, wenn wir sie haben. Und wenn wir das Buch bei ihnen finden, bekommt ihr es natürlich sofort wieder zurück.«

»Und wenn wir sie nochmal sehen? Sollen wir Sie dann anrufen?«, fragt Leo.

»Auf jeden Fall solltet ihr ihnen aus dem Weg gehen. Man kann nicht wissen, ob sie gefährlich sind, wenn sie sich ertappt fühlen. Unsere schnelle Nummer ist die 110. Da seid ihr immer richtig. Wenn ihr der Einsatzleitstelle Bescheid gebt, dass es um die Museumsdiebe geht, schicken die sofort einen Streifenwagen.«

»War das nicht eigentlich Ludwigs Schulprojekt?«, fragt Tina, als sie zurück über den Rhein fahren.

»Och, irgendwie ist das auch unseres«, meint Kathrin. »Wir machen das ja alle zusammen.«

Tina nickt zufrieden. Sie hat genug damit zu tun, einen Parkplatz zu finden. Am Abend ist das immer schwierig, weil es viele Autos, aber bei den alten Häusern nicht viele Parkplätze gibt. Sie lässt Leo und Kathrin vor der Haustür aussteigen und sucht dann alleine weiter.

Ludwig wartet schon.

»Wie war es denn beim Polizisten?«, fragt er, und Kathrin und Leo erzählen vom Polizeipräsidium.

»Und übrigens: Der Polizist war eine Frau.« Das will Kathrin doch noch klarstellen.

Ludwig schüttelt den Kopf. »Also so ganz kann ich mich nicht daran gewöhnen, was Frauen in eurer Zeit alles tun.«

»Aber du musst zugeben, dass sie es können!«, sagt Kathrin.

Ludwig nickt.

Die Wohnungstür wird aufgeschlossen, Tina ist zurück.

»Ich brauche jetzt eine heiße Schokolade«, sagt sie und atmet tief durch. »Ihr auch?«

Die Kinder nicken. Vielleicht hilft das ja? Sicher können sie nicht schnell einschlafen. Der Besuch im Polizeipräsidium war doch irgendwie aufregend, und leider ist das Problem mit dem gestohlenen Buch ein wirklich großes Problem. Aber für heute haben sie alles getan, was sie konnten.

Sie setzen sich also zusammen an den Küchentisch, und Tina bereitet für jeden einen Becher leckerer, heißer Schokolade zu.

»Langsam werde ich müde«, sagt Kathrin schließlich.

»Dann lasst uns doch ins Bett gehen«, schlägt Tina vor. »Morgen ist auch wieder ein Tag. Und es soll gutes Wetter geben.«

Die Kinder nicken, sagen »Gute Nacht« und verschwinden in ihren Zimmern, während Tina noch die Becher in die Spülmaschine räumt.

»Meinst du, die fangen die Diebe schnell genug?«, fragt Ludwig, als er unter seiner Decke liegt.

Leo seufzt. »Ich hab keine Ahnung. Aber ich weiß, dass wir auf jeden Fall die Lösung für den letzten Spruch rauskriegen müssen, damit wir den ganzen Code kennen, wenn dein Buch wieder da ist.«

Er gähnt und steckt Ludwig sofort an. Heute Abend werden sie das Rätsel nicht mehr lösen. Aber hoffentlich – hoffentlich morgen früh!

Das letzte Rätsel

Eigentlich schlafen Leo und Kathrin gerne ein bisschen länger, wenn sie schulfrei haben, aber an diesem Morgen sind sie schon vor Tina wach. Zusammen mit Ludwig sitzen sie in der Küche und löffeln Müsli aus der Schüssel.

»So ein doofer Stern«, schimpft Leo. »Ich hab heute Nacht ständig von einem Stern geträumt, der hatte zwei Beine und stand ganz still mit einem Koffer in der Hand.«

Kathrin kichert.

»Naja, es heißt, er reist ins Weiße!«

»Aber die Sterne stehen doch alle nicht still«, sagt Ludwig. »Die reisen über den Himmel. Bis auf den Polarstern natürlich.«

»Der Polarstern!«, ruft Leo. »Klar! Der steht still. Aber wie will der ins Weiße reisen? Und was soll das mit dem Tiefgang?«

In diesem Moment kommt Tina in die Küche. Sie gähnt, stellt die Kaffeemaschine an. Offensichtlich hat sie mitgehört.

»Rätselraten am frühen Morgen? Polarstern reist mit Tiefgang ins Weiße? Ist doch ganz einfach.«

Leo legt seinen Löffel vorsichtig auf den Tisch und schaut seine Tante an.

»Sag bloß, du hast die Lösung!«

»Ich denke schon.« Tina gähnt noch einmal. »Wie gesagt, ist eigentlich ganz einfach: Tiefgang hat ein Schiff, und es gibt ein Forschungsschiff, das heißt *Polarstern*. Ein Eisbrecher, mit dem man seit Jahren die Polargebiete erforscht. Und das Eis dort ist ja weiß. Ich hab mal eine Reportage im Fernsehen gesehen, total interessant. In unserem Winter bereist die *Polarstern* die Antarktis um den Südpol und in unserem Sommer die Arktis um den Nordpol. So können die Wissenschaftler immer im Hellen forschen. In der Arktis und der Antarktis ist ja sonst ein halbes Jahr Nacht.«

Kathrin wirft einen Blick auf die blaue Karte mit dem Gedicht.

Ein Stern reist ins Weiße,
doch steht er stets still.
Nicht Tiefgang doch Jahrgang
ist, was ich will.
2,3

»Und wann ist die *Polarstern* gebaut worden?«, fragt sie.

»Oje, jetzt fragst du mich was!« Tina lacht. »Keine Ahnung. Aber das könnt ihr sicher in einem Museum rausfinden.«

Sie zwinkert. »Ihr geht doch heute bestimmt wieder ins Museum?«

»Ähm, ja, wahrscheinlich«, sagt Leo. »Wo finden wir denn was zur *Polarstern*?«

»Ich glaube, die haben ein Modell im Deutschen Museum«, sagt Tina. »Soll ich euch hinfahren? Da gibt's noch andere tolle technische Sachen: Bohrkerne, alte Kameras, medizinische Geräte und so weiter.«

Leo nickt. Allerdings interessiert ihn heute wirklich nur das Schiff. Und natürlich, dass die Polizei die Diebe fasst und das Buch endlich wieder auftaucht – und das Ganze möglichst schnell!

Ausgespielt

Ich geh dann mal einkaufen und hol euch so in einer Stunde ab, ja?«, verabschiedet sich Tina, nachdem sie den Eintritt für Kathrin, Leo und Ludwig gezahlt hat. »Und mit heute Abend, das geht klar?«

»Ja, kein Problem«, sagt Kathrin. Eigentlich sind sie sogar ganz froh, wenn Tina zu einer Geburtstagsfeier geht und sie ein paar Stunden alleine lässt. So wird es wesentlich einfacher zu behaupten, dass Ludwig von seinen Eltern abgeholt worden ist.

»Hast du noch einen Wunsch zum Essen heute?«, fragt Tina.

»Schpaketti«, sagt Ludwig sofort.

Tina lächelt. »Abgemacht. Dann viel Spaß euch!«

»Und wohin jetzt?«, fragt Kathrin. Auf den ersten Blick ist in dem zweistöckigen Ausstellungsraum kein Schiffsmodell zu sehen.

»Wir können den Typen an der Kasse fragen«, schlägt Leo vor und dreht sich um.

»Vorsicht – braune Jacke im Anmarsch!«, zischt er.

Sofort beugen sich Kathrin und Ludwig über eine Vitrine, während Leo in die Hocke geht und sich seinen Schnürsenkel neu bindet. Der Mann im braunen Anorak marschiert an ihnen vorbei, ohne sie zu beachten.

»Jetzt schnell«, sagt Leo und die Drei rennen zum Ausgang. Leo zückt sein Handy und tippt die 110. Die Einsatzleitstelle der Polizei meldet sich sofort, und Leo berichtet.

»Und nun?«, fragt Ludwig.

»Wir müssen dem Mann an der Kasse noch Bescheid sagen«, sagt Kathrin, »damit der weiß, dass die Polizei gleich hier auftaucht und mit aufpasst, dass der Dieb im Gebäude bleibt.«

»Gute Idee«, sagt Leo und steckt sein Handy wieder in die Tasche. »Wir können ihn auch fragen, ob die Frau mit dem Stock schon da ist. Sonst kommt sie vielleicht bald.«

Also läuft Kathrin zu dem Mann an der Kasse, während Leo und Ludwig sich vorne im Museumsshop gleich hinter dem Eingang umschauen und dabei die Tür im Auge behalten.

»Was ist denn das?« Ludwig zeigt auf eine kleine Walzen-Spieldose.

Leo nimmt eine der kleinen Walzen in die Hand und dreht an der Kurbel. Die kleinen Zungen bewegen sich über die Noppen an der Walze und spielen *Happy Birthday*.

»Schön«, sagt Ludwig, dreht an der nächsten und hört den klimpernden Tönen zu. Er stutzt.

Dann stellt er die Walze vorsichtig wieder hin. Er sieht sehr nachdenklich aus. Leo schaut ihn fragend an. Ludwig lächelt.

»Das hat Kathrin gespielt. *Für Elise*. Von mir. Es stimmt wirklich. Ihr kennt meine Musik, obwohl ich sie noch gar nicht komponiert habe. Aber ich werde das Stück bestimmt schreiben und dann an euch denken. Kathrin und Leo. Ja, vielleicht nenne ich es *Für Kathrin und Leo*.«

Kathrin kommt von der Kasse zurück.

»Da ist die Polizei schon«, sagt sie und zeigt nach draußen.

Dort eilen zwei Polizisten die Treppe zum Eingang herunter. In diesem Augenblick rennt eine Gestalt in einer braunen Jacke aus den Ausstellungsräumen Richtung Ausgangstür.

»Halt!«, schreit Kathrin. Die Treppe zur Straße und zum Transrapid neben dem Museumsgebäude geht über Eck und ist ziemlich breit. Nicht, dass der Typ an den Polizisten vorbeirennt und entkommen kann!

Doch zuerst muss er an Leo und Ludwig vorbei. Ludwig hat gerade einen kleinen, harten Gummiball in der Hand, der aussieht wie eine Mini-Erde. Plop – der Wurf sitzt und trifft den Dieb mit Wucht an der Schulter. Er reißt die Arme hoch, um sein Gesicht gegen ein weiteres Geschoss zu schützen, aber schon hat Leo eine ganze Hand voll Mini-Flummis geschnappt und wirft sie ihm vor die Beine. Der junge Mann in der braunen Jacke stolpert und stürzt heftig auf die Knie. Die Polizisten sind sofort da und ziehen ihn hoch. Der Mann wehrt sich nicht. Wäre auch schwierig, denn einer der beiden hält ihn mit einem Spezialgriff fest.

»Das Buch, wo ist das Buch, das du uns geklaut hast?«, schreit Leo ihn an.

Sie haben keine Zeit, um zu warten, ob der Typ gesteht und die Polizei das Buch findet.

Der Mann funkelt ihn böse an, während einer der Polizisten ein Portemonnaie aus seiner Jackentasche zieht.

»Hallo, Frau Maria Müller«, sagt er, als er den Ausweis darin anschaut. »Da werden Sie uns aber einiges erklären müssen!«

Der Mann lässt den Kopf hängen.

»Das ist alles ein Missverständnis«, behauptet er. »Ich kenne das Portemonnaie überhaupt nicht!«

»Dann werden wir doch die Frau Müller mal fragen, ob sie so frech war, es Ihnen in die Tasche zu stecken«, spottet der Polizist.

»Das Buch, sag uns wenigstens, wo das Buch ist«, ruft Leo noch einmal.

Der Mann schaut stur auf seine Schuhspitzen.

»Mitkommen!«, befiehlt der Polizist.

»Das Buch!«, sagt jetzt auch Kathrin. »Bitte, wir brauchen es dringend! So ein kleines ledernes, schwarzes. Sie haben es doch im Stadtmuseum geklaut.«

Der junge Mann im braunen Anorak sieht Kathrin an.

»Bitte!«, sagt sie noch einmal. Der Dieb zögert.

»Wenn ich alles gestehe, gibt es dann eine geringere Strafe?«, fragt er.

»Das werden wir sehen«, brummt der zweite Polizist. »Das entscheidet der Richter.«

Erwartungsvoll sehen Leo, Kathrin und Ludwig den Museumsdieb an.

»Das doofe alte Buch hab ich Erni hingelegt«, sagt er schließlich. »Sie verkauft solches Zeug an Antiquitätenhändler.«

»Die alte Frau mit dem Stock!«, stellt Kathrin fest.

Der Mann lacht hämisch. »Alte Frau ist gut.«

»Sie ist gar nicht so alt, stimmt's?«, fragt Kathrin. »Das ist alles nur ein Trick. So eine alte, gehbehinderte Frau fällt nicht besonders auf, und keiner fragt, warum sie eine große Tasche dabei hat.«

Jetzt lacht der Mann nicht mehr.

»Das ist ja interessant«, sagt einer der Polizisten. »Und wo finden wir diese Erni mit oder ohne Stock?«

»Und wo ist das Buch?«, hakt Leo noch einmal nach.

»Keine Ahnung, wo sie jetzt ist«, sagt der junge Mann. »Und mit dem Buch – da kommt ihr zu spät. Erni war bestimmt längst im Macke-Haus auf dem stillen Örtchen für alte Damen!«

Entsetzt starren die Kinder ihn an.

»Euch erst mal vielen Dank«, bedankt sich einer der Polizisten bei den Kindern. »Es dürfte nicht schwer sein, diese Erni auch zu verhaften. Der junge Mann hier scheint ja sehr scharf darauf zu sein, nicht allein bestraft zu werden. Der wird uns bestimmt bald noch mehr erzählen. Wir melden uns bei euch, ja?«

Kathrin und Leo nicken stumm. Die beiden Polizisten führen den Taschendieb in der braunen Jacke zu ihrem Wagen.

»Da ist schon eure Tante«, sagt Ludwig. Tatsächlich hält Tinas Auto hinter dem Polizeiwagen.

»Oh, Mist, die *Polarstern*«, sagt Leo.

»Kein Problem«, sagt Kathrin, »der Mann an der Kasse hat gesagt, im Jahr 1982 wurde das Schiff fertiggestellt. Das sind die Zahlen neun und acht für den Code – hab ich aufgeschrieben! Wir können also ganz schnell mit Tina ins Macke-Haus fahren und nach dem Buch gucken! Mit etwas Glück war diese Erni noch nicht dort.«

»Und wo sollen wir das da finden? Ist doch sicher wieder ein großes Haus.« Ludwig sieht alles andere als glücklich aus.

»Aber das stille Örtchen für alte Damen ist bestimmt nicht so groß«, sagt Kathrin und grinst. »Damit kann nur die Damentoilette gemeint sein!«

In letzter Minute

Und ihr habt die Museumsdiebe gestellt? Das ist ja unglaublich!« Tina schüttelt den Kopf. »Dann fahren wir jetzt gleich mal nach Hause. Ich habe Kuchen gekauft, dazu mach ich euch einen schönen Kakao, und ihr erzählt mir alles genau.«

Leo schüttelt den Kopf. »Wir müssen vorher noch ganz schnell ins Macke-Haus. Kannst du uns fahren? Bitte?«

»Jetzt werde ihr mir aber unheimlich!«, sagt Tina. »Sofort? Ihr habt doch schon Bilder von August Macke im Kunstmuseum gesehen.«

»Nur noch dieses Museum!«, bittet Kathrin. »Ludwig hat sonst alles, was er braucht – für sein Referat. Es dauert auch gar nicht lange. Wir müssen nur was überprüfen und abholen.«

»Na gut, aber nur ganz kurz.«

»Danke.«

Die Kinder atmen erleichtert auf. Im Auto schmieden Leo und Kathrin auf der Rückbank schnell einen Plan für das Macke-Haus.

»Hoffentlich ist das Buch auch wirklich da, und diese Erni hat es noch nicht geholt«, flüstert Kathrin.

»Ja, und hoffentlich ist die Polizei noch nicht da, sonst kriegen wir es vielleicht nicht rechtzeitig wieder.«

»Die müssen mit dem Gefangenen doch erst rüber nach Ramersdorf, da sind die bestimmt nicht so schnell. Ich schau nach, und wenn das Buch da ist, nehm ich es mit. Ist ja schließlich auf der Damentoilette.«

»Du willst ein Beweismittel unterschlagen?«

»Na, hör mal. Soll ich der Polizei etwa erklären, dass der junge Ludwig van Beethoven am Rosenmontag mit einer Zeitmaschine hier gelandet ist? Das glaubt uns sowieso keiner!«

»Stimmt.« Leo nickt. »Dies ist sozusagen ein absoluter Notfall. Und die anderen Beweise werden der Polizei schon reichen. Hast du Handschuhe?«

»Wieso Handschuhe?«

»Na, ist doch doof, wenn die deine Fingerabdrücke auf den Beweisstücken finden.«

Kathrin zieht ihre dunkelblauen Fingerhandschuhe aus der Tasche.

»Da können wir froh sein, dass es jetzt noch so winterlich ist«, sagt sie.

Ein paar Minuten später hat Tina sie am Hochstadenring abgesetzt.

»Zehn Minuten«, sagt sie.

»Kein Problem.«

Die Kinder achten gar nicht richtig auf die herrschaftliche Fassade des Hauses und gehen schnurstracks zur Kasse. Dort sitzt ein netter junger Mann mit Brille.

»Dreimal ermäßigt?«, fragt er routinemäßig.

Kathrin schüttelt den Kopf.

»Darf ich bitte mal kurz auf die Toilette? Es ist dringend«, sagt sie.

Der Mann runzelt die Stirn.

»Das ist aber keine öffentliche Toilette hier«, sagt er.

»Ausnahmsweise?«, fragt Kathrin und wippt ein bisschen so auf den Füßen, als ob sie dringend muss.

»Okay – dort drüben, erste Tür rechts. Die mit dem Scherenschnitt einer Frau«, sagt der Mann und wendet sich den beiden Jungs zu.

»Also, zweimal ermäßigt, oder seid ihr noch unter zehn?«

»Äh, nein, eigentlich …«, stammelt Leo. Sei Blick fällt auf ein Infoblatt mit der Aufschrift Workshops für Kinder, das auf dem Tresen ausliegt.

»Eigentlich wollte ich nur mal fragen, wie das mit den Workshops ist«, sagt er.

Der Mann lächelt und schiebt ihm ein Faltblatt zu.

»Da gibt es tolle Programme in den Ferien oder auch für Geburtstage«, erklärt er. »Schaut mal hier zum Beispiel: Zuerst geht ihr mit einer netten Führerin durch die Ausstellung und seht euch die Bilder an. Sie kennt interessante Geschichten dazu, und ihr könnt eure Fragen stellen. Das geht rauf bis in August Mackes Atelier im obersten Stock, wo er gemalt hat. Da stehen auch noch persönliche Sachen von ihm. Nach der Führung geht ihr in den Seminarraum und könnt dort selbst Kunst machen. Malen oder Basteln, wir haben verschiedene Workshops. Na, wie klingt das?«

Leo nimmt das Faltblatt in die Hand.

»Gut«, sagt er.

Tatsächlich ist das eine tolle Idee: Am nächsten Geburtstag könnten sie hier feiern mit Malen, Basteln, Sägen und so weiter. Das wäre echt mal was Besonderes – muss er Kathrin unbedingt vorschlagen, schließlich ist es ja auch ihr Geburtstag.

»Vielen Dank«, sagt Kathrin in diesem Moment hinter ihm und lächelt den Mann erleichtert an.

Der lächelt zurück und schiebt Kathrin ebenfalls ein Faltblatt zu.

»Dann sehen wir uns ja vielleicht bald wieder«, sagt er. »Vielleicht sogar zu einem Zwillingsgeburtstag?«

Kathrin nickt und steckt das Workshop-Programm in ihre Jackentasche. »Gute Idee«, sagt sie.

»Alles klar?«, fragt Leo, und Ludwig schaut Kathrin gespannt an.

»Ja«, sagt Kathrin nur, ruft dem Mann an der Kasse ein »Tschö« zu und ist als Erste wieder draußen.

»Jetzt aber schnell«, treibt Kathrin die Jungen an. »Bevor die Polizei hier ist.«

»Dann hast du das Buch?«

Kathrin nickt eifrig und strahlt Ludwig an.

»Im Papierkorb unter den Papierhandtüchern lag eine Plastiktüte. Darin eingewickelt waren ein paar Portemonnaies, eine Brieftasche und Meister Goldmanns Gedichte! Du kannst wieder nach Hause.«

Der Geheimcode

»Freude, schöner Götterfunken, Tochter aus Elysium«, singt Kathrin aus vollem Hals.

»Wir betreten feuertrunken, Himmlische, dein Heiligtum«, fällt Leo ein.

»Deine Zauber binden wieder,
was die Mode streng geteilt,
alle Menschen werden Brüder,
wo dein sanfter Flügel weilt.«

Gemeinsam beenden sie das Lied.

»Das ist schön!«, sagt Ludwig. »Von wem ist das?«

»Der Dichter hieß Friedrich Schiller. Aber der Komponist war …« Kathrin grinst Ludwig an.

»Ich?«, fragt er überrascht.

»Das ist der Schlusschor der neunten Sinfonie. Den kennt eigentlich jeder. Außerdem ist es Papas Lieblingsstück, und er singt es immer, wenn er sich besonders freut. Die Melodie ist sogar die Europa-Hymne geworden.«

Ludwig schüttelt den Kopf.

»Eine Sinfonie ist ein instrumentales Werk. Darin gibt es keinen Chor«, erklärt er.

»Oh doch! Du hast das so geschrieben. Und es wurde weltberühmt.«

Ludwig runzelt die Stirn.

»Mhm.« Er überlegt. »Könnt ihr das vielleicht noch einmal singen?«

»Freude, schöner Götterfunken …«, stimmen Kathrin und Leo an.

Während sie noch aus vollem Halse singen, holt Leo das Blatt Papier, das er gestern mit den vierzehn Kästchen vorbereitet hat.

»Und jetzt wird's ernst!«, sagt er, als der letzte Ton verklungen ist.

Ludwig schlägt das Büchlein auf.

»Ein Stern reist ins Weiße«, liest er vor.

Kathrin sucht die blaue Karteikarte heraus und diktiert die Lösungszahlen: »Neun und acht.«

Leo trägt sie in die ersten beiden Kästchen ein.

»Seltsame Tiere in heißem Land«, liest Ludwig.

»Eins«, sagt Kathrin.

Leo schreibt.

»Ein Sommertag hat ihn entdeckt.«

»Sechs und neun.«

»Gewaltig ist das Ungeheuer.«

»Vier.«

»Die Felle vergangen, die Höhle ist leer – komisch, ist es wirklich erst drei Tage her, dass wir den Neandertaler gesehen haben?«, fragt Ludwig.

Kathrin nickt.

»Acht und sechs«, sagt sie.

»Hoch über der Stadt hat ihn August geseh'n.«

»Eins und vier.«

»Die Hofkapelle in seiner Stadt – Bonn gefällt mir auch heute noch gut«, erklärt Ludwig.

»Eins.«

»Wie schwer ist das Auge des Tigers?«

»Fünf. Ich finde es erstaunlich, wie viele Rätsel wir in dieser kurzen Zeit gelöst haben!«, sagt Kathrin.

»Redet nicht so viel – los, das Letzte.« Leo wedelt ungeduldig mit dem Bleistift.

»Die Fahnen fliegen, es donnert Salut.«

»Acht und null. Fertig.«

»Ja, fertig«, sagt Leo. »Und der Geheimcode lautet: 9-8-1-6-9-4-8-6-1-4-1-5-8-0, wenn wir alles richtig gelöst haben.«

»Und wenn nicht?«, fragt Ludwig leise.

Betroffen schauen sich die Kinder an. Ja, was passiert eigentlich, wenn der Code nicht stimmt? Wenn sie die falschen Zahlen

einstellen, an der Kurbel drehen und Ludwig verschwindet? Wo wird er dann ankommen?

»Fangt nicht an zu zweifeln. Wir haben alles richtig gelöst. Punkt«, sagt Kathrin mit fester Stimme. »Willst du jetzt gleich …?«

Ludwig schüttelt den Kopf.

»Ich habe ja noch ein bisschen Zeit«, sagt er. »Und eure Tante Tina kocht gerade Schpaketti, die würde ich gerne essen. Wer weiß, ob ich die jemals wieder speisen kann.«

Die Kinder sind plötzlich still. Nach den aufregenden letzten Tagen fühlen sie sich jetzt ganz komisch, wo sie nichts mehr zu tun und zu rätseln haben.

»Wieso bist du eigentlich bei uns gelandet und nicht bei den alten Römern?«, fragt Kathrin.

Ludwig lacht. »Alte Römer … Der Meister hat die Maschine wohl auf eure Zeit eingestellt; er hat etwas von Kutschen ohne Pferde gemurmelt. Er dachte wohl, ich würde ihn nicht hören. Wahscheinlich findet er eure Zeit, wie ich auch, in hohem Maße aufregend und wollte noch einmal hierhin.«

Das Telefon klingelt.

»Könnt ihr bitte rangehen?«, ruft Tina aus der Küche. So wie es duftet, brät sie gerade Speck und Zwiebeln für eine Soße.

Also geht Kathrin ans Telefon.

»Was Wichtiges?«, fragt Leo, als sie zurückkommt.

»Wie man's nimmt«, sagt Kathrin. »Die Polizei hat sich noch mal bedankt und uns Bescheid gegeben, dass sie diese Erni auch verhaftet haben, aber dass leider kein Lederbüchlein bei den Sachen war, die sie bei den Dieben gefunden haben.«

»Warum wundert mich das jetzt nicht?«, fragt Leo.

Abschied

Nach dem Spaghetti-Essen verschwindet Tina längere Zeit im Bad, um sich für die Geburtstagsfeier schick zu machen. Dann verabschiedet sie sich von Ludwig.

»Falls deine Eltern dich abholen, während ich weg bin – ich wünsche dir eine schöne Heimreise! Es war so wunderbar, wie du Klavier gespielt hast. Ich muss mir unbedingt eine CD mit klassischer Musik kaufen. Hab ich das richtig erkannt? Du hast viel Beethoven gespielt?«

Ludwig nickt stumm.

»Na, du heißt ja schließlich auch Ludwig. Alles Gute für deine Musik; ich hoffe, wir hören mal von dir!«

Sie umarmt Ludwig und drückt ihm noch einen Stapel frisch gewaschener Kleidung in die Hand. »Dein Karnevalskostüm wirst du sicher wieder mitnehmen wollen«, sagt sie.

Dann sind Leo, Kathrin und Ludwig alleine.

»Und nun?«, fragt Leo.

»Du wirst mir fehlen«, sagt Kathrin zu Ludwig.

»Und ihr mir!« Ludwig seufzt. »Ich werde mich wieder für meine Zeit ankleiden.«

Er geht in Leos Zimmer und lässt Leo und Kathrin zurück.

»Sollen wir zur Erinnerung noch ein Foto machen?«, fragt Leo.

»Und dann? Erklären wir: Das ist unser Freund Ludwig van Beethoven, der mit einer Zeitmaschine bei uns gelandet ist? Oder Ludwig Goldmann aus Wien?«

»Wir müssen es ja niemandem zeigen.«

»Mhm«, überlegt sie. »Wir könnten ihn aber auch um eine Haarlocke bitten. Das würde besser in seine Zeit passen.«

Leo grinst. »Und falls wir mal ganz arm sind, können wir die Locke ans Beethovenhaus verkaufen! Stell dir vor, was eine echte Locke aus seiner Kinderzeit wert sein muss!«

Auch Kathrin muss nun über ihren Vorschlag lachen.

»Ich bin bereit«, sagt Ludwig.

Leo und Kathrin sehen sich um. An der Zimmertür steht der fremde Junge, den sie am Rosenmontag kennengelernt haben: Er trägt seine dunkelbraune Kniehose, weiße, jetzt saubere Strümpfe und schwarze Schnallenschuhe. Über dem blütenweißen Hemd mit Spitzenkragen sieht man ein Stück von seiner hellbraunen Weste, darüber die dunkelrote Jacke.

»Schade«, sagt er. »Eure Beinkleider waren viel bequemer.«

Die Zeitmaschine auf Kathrins Schreibtisch sieht immer noch aus wie eine alte Rechenmaschine. Nun aber stehen ihre vierzehn Hebel neben den vierzehn Zahlen des Geheimcodes von Herrn Goldmann. Ludwig legt das lederne Büchlein in die Schatulle und stellt die Zeitmaschine darauf. Er atmet tief durch.

»Lebt wohl«, sagt er.

Kathrin zögert, dann geht sie auf ihn zu und umarmt ihn. Einen Moment lang halten sich die beiden ganz fest.

»Tschö, Ludwig«, sagt Leo. Auch er umarmt seinen neuen Freund zum Abschied.

Ludwig schluckt. »Adieu. Ich werde euch nie vergessen. Danke für alles, was ihr für mich getan habt.« Seine Augen glänzen ein bisschen feucht, als er die Schatulle mit der Zeitmaschine in die Hand nimmt. Er atmet tief durch. Noch einmal lächelt er Leo und Kathrin zu, dann schließt er die Augen und dreht an der Kurbel. Es zischt, und Ludwig ist verschwunden.

Leo und Kathrin starren auf den Fleck, wo er eben noch stand. Sie schweigen.

»Ich vermisse ihn jetzt schon«, sagt Leo schließlich.

Kathrin nickt. Sie setzt sich ans Klavier und schlägt ein paar Töne an. Leise sagt sie: »Aber ich glaube, wenn ich seine Musik höre oder auf dem Klavier spiele, ist es, als wäre er immer noch hier.« Dann beginnt sie, ganz sanft zu spielen. Leo erkennt das Stück sofort. *Für Elise*.

Und Kathrin spielt so gut wie nie zuvor.

Siebzehnhundertzweiundachtzig

Leg das besser auf der Stelle wieder hin.« Meister Goldmanns Stimme ist ganz deutlich zu hören. Ludwig blinzelt. Ihm ist ein wenig schwindelig. Verwirrt schaut er sich um. Er sitzt auf einem Stuhl mit einer hohen Lehne und hält eine Lederschatulle mit einer komischen Metalltafel mit kleinen Hebelchen und einer Kurbel auf dem Schoß.

Vorsichtig legt er das Ding zurück auf Meister Goldmanns Tisch.

»Geht es dir gut?«, fragt der Uhrmacher besorgt.

Ludwig nickt. Aber sein Kopf fühlt sich an, als wäre darin Watte. Als wäre er aus einem seltsamen Traum erwacht, an den er sich nicht richtig erinnern kann.

Meister Goldmann sieht ihn forschend an und stellt dann die Lederschatulle ganz oben auf einen Schrank.

»Es kann gefährlich sein, fremde Geräte zu benutzen«, sagt er. »Geht es dir wirklich gut, Ludwig?« Meister Goldmanns Blick ist scharf.

Ludwig nickt und steht auf.

»Hier ist der Brief an deinen Vater«, sagt Meister Goldmann und drückt Ludwig einen versiegelten Brief in die Hand. »Meine Antwort wird ihn freuen.«

Ludwig nickt wieder, bedankt sich und geht langsam aus der Werkstatt hinaus auf die Straße. Dort atmet er tief die frische Luft, während er sich auf den Weg nach Hause macht.

»Freude«, denkt er unterwegs, »Freude«. Und plötzlich hört er im Kopf eine kleine Melodie, die genau zu dem Wort passt.

Ein Gruß aus der Vergangenheit

Hört mal, Kinder, das ist ja wirklich ein Ding!« Papa hat die Samstagsausgabe des *General-Anzeigers* am Frühstückstisch weit aufgeschlagen und liest:

Rätselhafte Beethoven-Handschrift

Forscher in Wien haben die lange verlorene erste Seite der Original-Partitur von Beethovens berühmtem Klavierstück ›Für Elise‹ wiederentdeckt. Nachdem das Notenblatt von mehreren Spezialisten für echt erklärt wurde, wird es nun wissenschaftlich untersucht.

Erstaunlich ist ein neues Rätsel, das die Handschrift aufgibt. Seit Jahren wird erforscht und diskutiert, wer Elise, die geheimnisvolle Empfängerin der Widmung, sein könnte. Nun aber stellten die Musikhistoriker fest, dass die originale Widmung nicht an die unbekannte Elise geht, sondern an zwei noch unbekanntere Personen. Wie Professor Künstle, der Leiter der Beethoven-Forschung, mitteilt, lautet Ludwig van Beethovens persönliche Widmung dieses Klavierstückes in a-moll ›Für Kathrin und Leo‹.

»Das ist aber ein Zufall, oder?« Papa schüttelt den Kopf.

Leo und Kathrin schweigen einen Moment und starren ihren Vater an. Dann tauschen sie einen Blick und grinsen von einem Ohr zum anderen.

Nachwort

Seit vielen Jahren lebe ich in Bonn und liebe die Musik von Ludwig van Beethoven. Ich habe sogar schon den Schlusschor der 9. Sinfonie in der Beethovenhalle mitgesungen. Und ich liebe Museen. So ist es nicht allzu verwunderlich, dass ich ein Kinderbuch über Ludwig van Beethoven und die Bonner Museen geschrieben habe, oder? Eines Tages hatte ich nämlich die Idee: Was wäre, wenn …

Seit Ludwig zurück in seine Zeit gereist ist, ist die Baustelle in der Rheingasse verschwunden. Nun ist dort ein großes Gebäude, die »Rheinlogen«, errichtet worden. Davor steht als Erinnerung an Ludwig van Beethoven ein Denkmal: ein Kinderstuhl vor einem mehrstöckigen Pulttisch.

Auch die in diesem Buch genannten Ausstellungen in den Museen können sich geändert haben. Doch interessant bleiben die Museen bestimmt! Ach, und noch etwas: Bei alten Rechenmaschinen muß man sehr vorsichtig sein!

Bonn, im Mai 2016

Adressen der Bonner Museen

Arithmeum
im Forschungsinstitut für Diskrete Mathematik
Lennéstrasse 2
53113 Bonn
www.arithmeum.uni-bonn.de

August Macke-Haus
Bornheimer Straße 96
53119 Bonn
www.august-macke-haus.de

Beethovenhaus
Bonngasse 18–26
D-53111 Bonn
www.beethoven-haus-bonn.de

Botanischer Garten
Meckenheimer Allee 171
53115 Bonn
www.botgart.uni-bonn.de

Deutsches Museum Bonn
Ahrstraße 45
53175 Bonn
www.deutsches-museum.de/bonn

Goldfußmuseum
Steinmann-Institut, Universität Bonn
Nußallee 8
53115 Bonn
www.paleontology.uni-bonn.de/goldfussmuseum_kontakt

Haus der Geschichte
Museumsmeile
Willy-Brandt-Allee 14
53113 Bonn
www.hdg.de/bonn/

Kunst- und Ausstellungshalle der Bundesrepublik Deutschland
Museumsmeile
Friedrich-Ebert-Allee 4
53113 Bonn
www.bundeskunsthalle.de

Kunstmuseum Museumsmeile
Friedrich-Ebert-Allee 2
53113 Bonn
www.kunstmuseum-bonn.de

Mineralogisches Museum der Universität Bonn
Poppelsdorfer Schloss
Meckenheimer Allee 169
53115 Bonn
www.steinmann.uni-bonn.de/museen/mineralogisches-museum

Rheinisches LandesMuseum Bonn
Colmantstr. 14–16
53115 Bonn
www.rlmb.lvr.de

Stadtmuseum
Franziskanerstraße 9
53113 Bonn
www2.bonn.de/stadtmuseum/

Zoologisches Forschungsmuseum Alexander Koenig
Museumsmeile
Adenauerallee 160
53113 Bonn
www.zfmk.de